詩人的黃昏

唐代詩人的素描

江思岸

目錄

序 …… 4
遁世 …… 6
空谷佳人 …… 18
訣別 …… 28
夢李白 …… 40
落花時節 …… 50
寂寞 …… 63
對雪 …… 84
雕蟲 …… 91
九日 …… 104

山中道士……120
行宮……138
淪謫……151
冬暮……161
謫宦……173
獄中……180
故夫……191
雲英……198
籌邊樓……207
廢園……218
週期性憂鬱——十七歲金色的足印之一……241
寂寞的長堤——十七歲金色的足印之二……248

序

中國是詩的國度，唐代更是詩國的巔峰，舉國上下都喜愛詩，詩人受到尊重，有些詩人由詩賦而平步青雲，甚至拜相也為數不少。即使如此，大多數詩人的一生都是坎坷的。尤其是到了暮年，晚景頗為淒涼，寫詩愈多愈佳的人，生活就愈為困苦拮据。於是有人發出寫詩會令人貧窮之哀歎，說甚麼：「家國不幸詩家幸，賦到滄桑句便工。」

作為詩人全心全意致力於詩作，漠視營生，乃至對人生終極的追求，價值觀與世俗大異其趣，物質生活欠佳不足為奇。即使家境曾經富裕，以詩人天性浪漫又灑脫的性格，必然會散盡家產，唐代之李白和近代之袁寒雲，就是絕佳的詩人本色之經典例子。

詩人是敏感的，對花開花落，人生之聚散，時光流逝，世事無常，所謂曲終人散，天下無不散之筵席，一般人認為是很平常之事，但對詩人來說，卻是刻骨銘心而感慨良多。

深沉的詩人大都是智者，對人生有透徹的領悟，即使是在桃花源，人亦未能免卻生老病死之苦，佛經所謂人生有八苦，可以歸結為只有一苦，就是：「求不得苦」。人的渴求和欲望永遠不會滿足，而理想與現實必定有差距，這似乎是痛苦之根源。其實當欲望得到滿足時，那才是最痛苦之開始：因為無邊的空虛感隨即降臨！詩人對這個終極的不可化解的人性矛盾自然了然於胸。

說到最有財富和權勢，享盡人間榮華富貴，長壽又多產（他大約寫了四萬多首詩，相當於全唐詩的總數），自翹為「十全老人」的「所謂詩人」，他就是乾隆皇帝！但有誰記得他任何的一首詩呢？甚至一聯半句也沒有！這樣的詩人不要也罷。

真正的詩人是不會追求財富和權力的，甚至對之蔑視，李白就如此高唱：「安能摧眉折腰事權貴，使我不得開心顏！」他只是忠於自己的感受，將喜怒哀樂化為晶瑩通透的文字，人生的苦難正是其最大的創作動力，有如老蚌將折磨牠的砂粒，以分泌物將之包裹起來成為珍珠。詩人就是以精煉的神奇的詩句，將最幽深又最細膩的感受凝結下來，成為人類文化的瑰寶，穿越時空而流傳，比任何物質文明更為廣泛和久遠，李白不是這樣形象地說過嗎：「屈原辭賦懸日月，楚王台榭空山丘！」

遁世

鷲嶺鬱岧嶢，龍宮鎖寂寥。
樓觀滄海日，門對浙江潮。

——宋之問

又是一個靜靜的日午。寺院內寂寥閑逸，松蔭下山殿清涼，嵐光山色都凝聚於深院的石鋪的地面上。庭院的檐影橫臥石階上，又接疊着如蛇般蜿蜒而上，如此強烈地黑白分明，有如陰陽分割，或是日與夜同時的出現，寧靜中在時光上使人有迷失的感覺。此景象對我早已甚為熟悉，但每一次在我長久的凝視下，這迷失感仍然是歷久而常新，為何會如此呢？我至今仍未與過去決絕？達摩面壁九年，我來這裡削髮為僧，隱姓埋名，遁世已十多年了，我也不知道確實已流逝的歲月，因為：「山中無甲子，寒盡不知年。」在大雄寶殿上的書畫依然是：「銘書非晉代，壁畫是梁年。」真的是數百年如一日，生年不滿百，十多年來又算得了甚麼呢！我此生已再無任何冀望，只想在這裡安度餘年，將秘密帶進墳墓，也保護了李敬業的安全，於願足矣！

午間鐘磬俱寂，只有山後傳來的松濤，與及山下陣陣錢塘江的潮聲，原來已是八月了，怪不得桂花開始飄香。潮聲將會愈來愈盛，到八月中旬，潮聲更有如萬馬奔騰，震撼整個山頭和寺院。我初來時，午夜往往在睡夢中驚醒，誤以為這潮聲是金鼓齊鳴，戰鬥殺伐之聲，武則天之兵馬殺到來了，我慌忙一躍而起，來不及披衣，就從窗戶跳出，準備迎戰。但見皓月當空，滿庭樹影交錯，夜涼如水，蟲鳴唧唧。有甚麼兵馬廝殺混戰？只有憤怒的潮聲，由山下如雷般傳上來。我為之啞然失笑，但亦不無失落感。我多麼渴望能再結合義兵，與武氏決一死戰，能恢復唐祚，固然是我夢寐以求之事。正是：「寶劍思存楚，金鎚許報韓。」我即使戰敗身死，也勝於忍辱偷生。張良弟死不葬，為的是耗盡家產尋找勇士刺殺秦始皇，以報滅韓之仇。因為張良先世數代曾在韓為相。終於找到一名力士，以數百斤大銅鎚，在博浪伏擊秦始皇，可惜誤中副車。我才名甚高而官職卻很小，一直未獲重用，鬱鬱不得志，儘管大唐對我可說是無甚恩惠，但我報唐之心無時能忘。

山下的潮聲又再湧上來，衝破午間的岑寂。是的，這怒潮就是我的不平之心聲，由來激盪已久。因此我也就明白伍子胥因冤死而化為怒潮了。子胥對吳王功莫大焉，首先，他為吳王找到死士專諸，刺殺了吳王僚，才能登位。教吳兵以車戰之術，和訓練兵卒成勁旅。於是破楚滅越，威振天下。但放生了越王勾踐，更許其復國，子胥屢諫不聽，反觸吳王之怒，被迫自殺。子胥死前悲憤地說：「抉吾眼懸吳門之上，以觀越寇之入滅吳也。」然後自剄。吳王聞之大怒，乃取子胥屍，盛之以鴟夷，浮之江中。於是子胥冤魂化為怒濤，衝擊吳國城岸。吳王派數千弓弩手射潮鎮壓，但無濟於事。子胥為吳王盡忠盡力，卻落得如此下場。後來果如其所料，吳最終為越滅掉。

我所受之冤屈與伍子胥不遑多讓。我年輕時早已才名遠播，事實上我小時即有神童之譽，有人曾考驗我，指着池上群鵝要我賦詩，我即應聲說出：

鵝，鵝，鵝，曲項向天歌，
白毛浮綠水，紅掌撥清波。

那時我只七歲而已。我雖有才名，但仕途蹭蹬。箇中原因，我也很明白，由於我性格耿直，不屑奉承以求進，諸如道王（太宗之弟李元慶），曾要我「通狀自敘所能」。我在道王府任事六年多，文書筆札多出我手，何況我之文名早著，詩賦天下傳誦，道王竟然不知我之所能，還要我自敘一番！簡直荒謬絕倫。於是我恕不奉令。我之不識抬舉，自然難再在道王府混下去。

回家閑居十多年，然而家貧母老，竭力苦耕，仍不足以糊口，唯有再去長安應試，得官奉禮郎。這是個九品小官，安排祭祀禮器，官員排位這些無聊之事。對我才華真是很大的嘲弄。後來升任東臺詳正學士，也不過校理圖書，工作雖然與我性格相近，但依然沉淪下僚，蹉跎歲月，無法施展抱負。失望之餘，於是投筆從戎，隨軍遠征邊塞，希望能建功立業。從軍之初，我的確意氣風發，寫下：

弓絃抱漢月，馬足踐胡塵，
不求生入塞，惟當死報君！

在西北邊庭征伐轉戰數年，與吐蕃等部族之戰爭，互有勝敗，但要徹底將他們消滅，談何容易，即使戰績彪炳之薛仁貴，也吃了敗仗，當仁貴退卻，我軍失去犄角之勢，也不得不回師，無功而還。其後姚州西南蠻叛亂，我又隨軍出征，雖然最終平亂，我對戎馬生涯已厭倦，不論是酷熱的大漠風沙，或是西南山岩淫雨毒瘴，作為軍旅都是苦不堪言。當初從軍之豪情壯志，早已煙消雲散。正是：「昔時聞道從軍樂，今日方知行路難。」至於建功立業，更不用提，許多親冒矢石鋒鏑，苦戰終生的老將，也無尺寸之功，我一介書生，要想從軍封侯，簡直是痴心妄想。

封侯之夢幻滅，我離開軍旅，返回長安。從軍多年後再度操筆為文官，仍然是個微不足道之長安主簿。後來擢為侍御史，這應該是個好的開始，但我不避權貴，糾劾不法之貪官污吏，甚至豪門國戚，特別是對武后弄權，牝雞司晨，我數次上章諷諫，我因此被誣坐贓而下獄。在獄中我聽聞庭院槐樹蟬鳴，有感而作出此詩：

西陸蟬聲唱，南冠客思深。
不堪玄鬢影，來對白頭吟。
露重飛難進，風多響易沉。
無人信高潔，誰為表予心？

我很明白，我是得罪了武后，誰敢為我伸冤？其實滿朝大小官員，早已趨炎附勢，依附武后，武氏幾乎殺盡李家子孫諸王，甚至連自己親生子也不放過，正是司馬昭之心，路人皆見，她是要奪取李家天下。曾深受李家大恩的文武重臣，都竟然噤若寒蟬，不發一言，更遑論肯為唐祚而盡忠。只有我這個區區侍御史，敢於直言進諫。結果被誣下獄。我為大唐之不平而鳴，和不肯隨波逐流之高潔，就只有此蟬鳴來表予心！

後來我得到了大赦，出獄後被貶為臨海縣丞。果然武氏廢皇帝為廬陵王，親自臨朝稱制，更改年號為光宅。武氏此明目張膽之謀朝篡位，終於有人激於義憤，起來反抗。那就是眉州刺史李敬業。敬業本姓徐，祖父徐世勣為開國功臣，被賜姓李。由他來大舉義旗，討伐武氏以復唐，名正言順之至。我立即棄官追隨他，事實上我等候這一個機會已久了，他委任我為「藝文令」。我為他作出〈代李敬業傳檄天下文〉。這一篇淋漓慷慨，義正詞嚴的討武后檄文一出，即時傳誦天下：

偽臨朝武氏者，人非溫潤，地實寒微。昔充太宗下陳，曾以更衣入侍。洎乎晚節，穢亂春宮。密隱先帝之私，陰圖後房之嬖。入門見疾，娥眉不肯讓人；掩袖工讒，狐媚偏能惑主。踐元后於翬翟，致吾君於聚麀。加以虺蜴為心，豺狼成性。近狎邪佞，殘害忠良；殺姊屠兄，弒君鴆母，人神所共嫉，天地所不容。猶復包藏禍心，窺竊神器……

武后讀此傳檄初時只是輕蔑地哂笑，但當讀到：「一抔之土未乾，六呎之孤安在？」就吃驚地問：作者是誰？左右對曰：「駱賓王。」武氏曰：「此宰相之過也，人有如此才，而使之淪落不偶乎！」

李敬業起兵初時的確是頻頻報捷，聚眾十多廿萬，我以為很快就可以長驅直進，攻入長安。於是我作出：

城上風威冷，江中水氣寒。
戎衣何日定，歌舞入長安！

是的，敬業只須一鼓作氣，揮軍北上，各地諸軍會聞風而起，何況京城內有宰相裴炎，和手握羽林軍之程務挺已約定作內應，只待我軍直搗河洛，天下可即時而定。但敬業只局守在東南一隅，坐失時機。讓武氏有機會殺掉裴和程，清除了朝中反武氏之勢力，然後結合三十多萬兵力，南下合圍而攻。在兩軍對壘時，夜間有星落在軍營引起大火，敵軍乘機進攻，我軍在混亂中潰不成軍，無法列陣，眼見大勢已去，我和敬業唯有雙雙跳水而遁。所謂李敬業傳首京師，乃是主事者斬容貌相似者以塞責而已。我在此寺削髮為僧，敬業也在衡山某寺隱姓埋名。我們都在等待時機，想不到十多年就此流逝。武氏名正言順地登位，改唐為周，君臨天下。而我和敬業都已垂垂老去，到了風燭殘年，即使有人起兵反抗武氏，我們也無力再參戰。但無論如何，我仍然盼望在我有生之年，能見到大唐復國，恢復李家天下。每年八月浙江怒潮，我不平之心聲又再被觸起，澎湃不已。

我的視線從陽光燦爛的庭院中收回來，一時之間未適應廊廡的陰暗，不知何時有人走進來，他不是寺內的僧人，這陌生人應是個外來的遊客。這寺僻處山中，一向甚少遊人，這亦是我隱遁在此的原因。這時我們打了個照面，他向我點頭為禮，剎那之間我全身為之一震，而他則若無其事地繼續前行，觀賞寺內其他事物。我認得他，他就是宋之問！我和他曾有數面之緣，而他竟然認不出我！我真的太衰老了？削了髮身披袈裟，所以認不出？又或是故意裝作不認得我？但如此突然的邂逅，驚愕和驚訝之情，理應無法掩飾的。

我趕快返回僧房，關上房門。對宋之問的出現，我又一次認真地考慮我的處境。如果他終於認出我，他一定會向朝廷告發，這是他立功的良機。他的詩寫得很好，與沈佺期齊名，真的是後起之秀。但品格卑劣，他諂附武后，無所不用其極，竟然為張易之捧溺器，張是武后眾多面首寵男之一。我應否就此悄然離去？但這也非上策，因為我不辭而別，反會引起他人之懷疑。何況我已年紀老邁，舉步維艱，能走得多遠呢？

我在這寺院隱姓埋名，隱辱偷生十多年了。而高漸離擊筑之事，十多年來一直縈迴在我腦中：荊軻行刺秦始皇失敗之後，始皇搜捕荊軻之朋黨，特別係高漸離。高乃隱姓埋名，為人作傭工。有一天他在打掃時，偶然在窗外聽到樂師擊筑，主人和滿堂賓客都大為讚賞，高聽了不禁為之失笑，這樣也算擊筑？也感懷身世，心想如此終生躲藏也不是善法，於是直入大堂，對主人說：小人也略懂擊筑，可否湊興獻醜一下？眾人見這個傭工說是會擊筑，都大為好奇，主人也樂於讓他娛賓。於是高拿起樂器，這樂器也就立即有了生命。他回想起與荊軻在燕市的日子：荊軻嗜酒，酒酣以往，他就擊筑，荊軻和而歌於燕市中，相樂也，已而相泣，旁若無人。一曲既終，高也流起淚來，他為亡友而流淚，為亡友功虧一簣，不能為世人除去暴君而流淚。主人和眾嘉賓都大為震驚，想不到擊筑之技藝可以如此出神入化，這傭工自非等閑之輩。於是他換回本來之衣服，拿出自己之筑樂，報上自己的真實姓名：高漸離！

高漸離在隱姓埋名多年之後，終於以真面見世人，他這樣做不是一時技癢，他是要為好友報仇，為天下除暴君。秦始皇捨不得殺他，他的擊筑太神奇美妙了，刺盲他的雙目，留在身邊，讓他繼續擊筑。他亦盡力演奏，終於得到秦始皇的信任，由遠遠地聆聽，到逐漸地靠他。他暗中將鉛藏在筑中，等待着機會。在一次演奏中他故意將樂音由高亢降到低沉，秦始皇在沉迷中不自覺地挨近他……他就突然發難，用盡全身的氣力連人同藏了鉛的筑撲向秦始皇痛擊，可惜又是功虧一簣，只擊到暴君的手臂，而不是可致命的頭顱。

我隱姓埋名了十多年，我會否如高漸離那樣再度現身呢？如果我的現身，能引起世人對武氏的反抗，我即使死又何足惜呢！但若然不能，那只會誤事，因為這會連累我敬佩的李敬業！他依然在世。也許在其安度餘年，去世之後，我就會現身！看看能否再掀起波瀾。我在討武檄文末有此句：

請且看今日之域中，竟是誰家之天下？

如今看來真的是甚為諷刺。

晚飯時，我瞥見宋之問在客廂中用膳，他今夜會在此留宿，他也沒有再找我。他顯然是認不出我。晚上我如常在禪房中獨坐，點燃一盞長明燈。我見到宋之問在庭院中賞月。是的，八月是月最明亮圓大的時候，松影交錯，桂花飄香，潮聲不時地從山下傳來，任何文人雅士這時都會吟詠一番，更何況是能詩的宋之問。他在月下徘徊，又在迴廊往返，低頭苦思，沉吟不已。似乎是仍未能終篇成詩。當他沉吟覓句，又一次踱過我的禪房時，我忍不住問：「施主夜久不寐，沉吟不休，是否在作詩？」他答曰：「大師猜對了，弟子的確是欲為貴寺題詩，但只開始了兩句就接不下去。」我說：「可否試吟來聽聽？」宋即吟道：「鷲嶺鬱岧嶢，龍宮鎖寂寥。」這時潮聲由山下傳來，我說：第二聯何不云：「樓觀滄海日，門對浙江潮。」宋為之大驚，他想不到這兩句詩如此遒麗，敬佩地說：「靈隱寺果然是臥虎藏龍之地，大師出句不凡，僅此一聯，當今詩人無人能夠與大師比肩。弟子宋之問也薄有詩名，如今方知山外有山，天外有天。」我微微一笑，故作驚訝地說：「施主過獎了。原來施主就是鼎鼎大名之宋之問，失覺失覺。」宋說：「慚愧得很。大師這兩句詩令我茅塞頓開，詩源泉湧，我要立即趕快將之記下，明天再向大師請教！」他說畢就滿心歡喜地返回客房去完成他的詩。

我目送他離去，隨即懊悔不已。他雖然暫時認不出我，但這兩句詩就足以洩露我是誰了。我隱姓埋名了十多年，到頭來毀於一旦，這都是被身為詩人之習性所誤。高漸離聽到擊筑而現身，他是有鴻圖大計的。而我之續詩，只是一時之逞強好勝而已。十多年來，山寺中的梵音鐘磬，深殿妙香，石壁返照，竹引流泉，松濤潮聲，蟬鳴鳥唱，春花秋月，詩情還會少嗎？我都能壓抑不發，沒有半點筆墨的流露。但想不到與宋之問突然邂逅，又被他的兩句詩而觸動，忍不住露了一手，真的是千年道行一朝喪！我死不足惜，但不能連累李敬業。

天下無不散之筵席，這也是我與靈隱寺告別的時候。我拿起手杖，靜靜地推開寺門，飄然而去。皓月當空，我背着山上之松濤，迎着山下的潮聲走去。

空谷佳人

絕代有佳人，幽居在空谷。
自云良家子，零落依草木。
——杜甫

又是一個憂鬱的黃昏的來臨。我是應一位「佳主人」之邀請來這裡暫留或定居，他說此幽谷遠離煩囂，此正合我意，但來到之後，日常生活所需固然沒有提供，連主人也不見現身。也許在亂世，任何許諾都沒有意義，我有如是一個被遺棄的人。不，這不是憂鬱的真正原因。

此空谷在落日時很快就暮色四合，因為四周崢嶸而沉默的巖崖，投射下沉重的幽靈般巨影，吞噬整個山谷，這種重壓感令人無法逃避：「日下四山陰，山庭嵐氣侵」。

孟浩然不就是如此說過嗎：「愁因薄暮起」，何況他寫下此句詩時是太平盛世，而此時正當漫天烽火，大唐江山岌岌可危，我也是因戰亂而舉家逃難來到這裡，我不知道可以停留多久，因為戰火很快就會蔓延到此，那時我一家人又不知要逃往何處去。

所以如今我之黃昏憂鬱，不似孟浩然那麼有詩意，而是還夾雜着顛沛流離之不安和恐懼。這時那熟悉的琴聲，又跟隨流泉淙淙之音而飄來，依然是那麼平和又沉着，在竹林深處茅屋獨居的女子，只有一個婢女作伴。常常彈琴來排遣寂寥，尤其是在傍晚或是在月夜時撫弦，那是回憶的聲音，思念的聲音，哀而不傷。

她也是逃難而來到這裡的，不過比我更早一點來定居。「城中十萬戶，此地兩三家。」她是要遠離俗世，塊然幽居，對塵寰已無眷戀。正是：「世情惡衰歇，萬事隨轉燭。」她的遭遇比我悽慘得多，在戰亂中我的小兒因無食而成為餓殍，我愧為人父，已是十分之悲痛。但與她之慘況相比，就「微不足道」了。她的母家是朝中的大官，當叛軍攻入長安，她的父母及兄弟由於不肯接受偽職，全家慘遭殺害，可說是闔門從容就義，曝屍東市，她不敢收屍安葬。正是：「關中昔喪亂，兄弟遭殺戮。

高官何足論，不得收骨肉。」

她遭此巨變，更不幸的是，跟着還被丈夫拋棄：「夫婿輕薄兒，新人已如玉。」她的丈夫不單是貪新忘舊，最大的原因新人的娘家可能有財有勢，令他有所依靠，不似她如今已成為孤單一人，遂移情別戀，人之卑劣和無恥，可以到此田地！

我同情她，亦有同病相憐之意，她是個棄婦，我何嘗不也是如此。當宰相房琯在陳濤斜戰敗，即遭罷相，無人敢為他發言。勝敗乃兵家常事，況且宰相乃調燮陰陽事理，戰略非其所長。只不過無將帥敢主動出戰，他深知主上急於收復兩京，才自動請纓，但在軍機上又受到中官之制肘，故招此敗，實非戰之罪。

我和房琯是布衣之交，何況當時我身為左拾遺，規諫是我的職責，於是獨力上疏相救，結果我亦被貶出京師，到華州為司功參軍，我是：「竊比稷與契」，要「致君堯舜上，再使風俗淳。」既然已不在天子左右，無法發揮我之抱負，於是我索性掛冠而去，其後逃難來到此偏僻之山谷。

如今回想，整件事之來龍去脈也就清晰起來。一切都是由賀蘭進明讒言之結果。他向主上說房琯並非忠於主上，因為在蜀中向上皇建議分封諸王以討賊，於是命令太子為天下兵馬元帥，領朔方、河北、河東、平盧節度都使；永王璘充山南東道、嶺南、黔中、江南西道節度都使；盛王琦充廣陵大都督，領江南東路及淮南、河南等路節度都使；豐王珙充武威都督，領河西、隴右、安西、北庭等處節度都使。

賀蘭進明陰險地指出，此分封的結果是削弱主上的權力，甚至會引致與主上分庭抗禮而爭天下，因為日後任何一位封王若是得勢，房琯都會受惠，可說立於不敗之地！這讒言正好說中主上的心坎上去。

於是房琯戰敗是罷相的最佳藉口，連帶上皇之舊臣如嚴武、張鎬、賈至、劉秩等也盡數排斥。其實在天下分崩離析時，分封諸王抗賊是上上之策，此亦足以說明房琯的確有宰相之才，能夠盱衡大局，作出正確措施。安祿山得知明皇作此措置時也大驚失色。要奪取大唐的天下，就困難得多了。

其實當時我也明白上疏為房琯抗爭，若不獲接納，後果會很嚴重，輕者會丟官，重則會丟命。但念及主上對我深恩，我就更要盡言責。那時，當我「麻鞋見天子，衣袖露兩肘」之窮困和狼狽時，主上不嫌我「老醜」，立即賜給我右拾遺這個美官。正是我沉淪大半生以來一直夢寐以求之事！我在感激流涕之餘，就已決定粉身碎骨，以報知遇之恩。

房琯這件事，就是我要報恩的時候，以為此次冒死上疏，會令主上感悟，會以大局為重而寬宥房琯。但我太天真，也太自負了，我不僅救不了房琯，自身固然不保，連帶上皇其他之舊臣也被波及，這也是我始料未及之事。

這時幽怨的琴聲又隱約隨晚風送來，令人淒然。如此絕色的佳人也成為棄婦，在這亂世中她能倖存多久呢？不要說兵荒馬亂，單是生計也成問題，上月她的侍婢已賣了她的金釵，聽說又要賣珍珠了，還可以支撐多少個日子呢？

其實我也是個棄婦，我之品格和才華又有誰賞識呢？我曾自負地說：「讀書破萬卷，下筆如有神。賦料揚雄敵，詩看子建親。李邕求識面，王翰願為鄰。自謂頗挺出，立登要路津。」二十四歲時我去應試進士，滿以為一擊即中，想不到竟然下第，更想不到的是從此一沉不起！困居長安十多年。

我於是不得不放下身段，厚顏地到處投詩干謁，向汝陽王李璡投詩：「鴻寶寧全秘，丹梯庶可凌。淮王門下客，終不愧孫登。」向張垍投詩，他是宰相張說之子，寧親公主駙馬：「此生任春草，垂老獨漂萍。倘憶山陽會，悲歌在一聽。」向哥舒翰投詩：「未為珠履客，已是白頭翁。壯節初題柱，生涯獨轉蓬。幾年春歌歇，今日暮途窮。」向韋濟投詩：「老驥思千里，飢鷹待一呼。君能微感激，亦足慰榛蕪。」向鄭諫大夫投詩：「君見窮途哭，宜憂阮步兵。」向鮮于仲通投詩，簡直是有血有淚之哀求了：「有儒愁餓死，早晚報平津。」

以上這些袞袞諸公，都是朝廷身居要職的高官大臣，只要他們對我稍為關顧或「垂憐」一下，即可解救我這尾涸轍之魚，甚至一躍而登龍門了。但他們對我之才華不屑一顧，難怪李白也如此慨嘆：「吟詩作賦北窗裡，萬言不值一杯水！」

即使和我有親戚關係之堂弟杜位，他是宰相李林甫的女婿，李林甫當時權勢熏天，作為他的女婿自然炙手可熱，他在青雲之上，但對我這一位在泥途中掙扎的堂兄也不予以援手。我曾在他家中守歲，向他呈上此詩：

守歲阿戎家，椒盤已頌花。盍簪喧櫪馬，列炬散林鴉。
四十明朝過，飛騰暮景斜。誰能更拘束？爛醉是生涯。

我向他暗示，我這個堂兄已年到四十，仍然無所作為，暮景淒涼，他若不予提攜，我唯有在爛醉中過一生！他不作任何表示。在新年時讀到我這首詩，他大概認為是有些晦氣因而不快吧！是的，到這個年紀，我的少年同學都飛黃騰達，正是：「少年同學多不賤，五陵裘馬自輕肥。」難道我之才華都不及他們？一言以蔽之，我是個「棄婦」！

我們杜家是世守儒道，詩賦傳家，由功名顯赫的先祖杜預，到詩名蓋世的祖父杜審言，都是令人肅然起敬之名士，到我這一代竟然淪落至乞食度日，我甚至懷疑起自己的學業：「紈綺不餓死，儒冠多誤身。」困居長安十多年，的確是很辛酸之事：

「騎驢十三載，旅食京華春。朝扣富兒門，暮隨肥馬塵。殘杯與冷炙，到處潛悲辛。」

但話又得反過來說，我之投詩干謁，雖然得不到一官半職，這些大官朝臣之大小宴會，我仍然可以叨陪末座，不致成為餓殍，對此我也應該感恩了！尤其是韋濟丈人，常常當眾朗誦我的新作，所以我不無感激地說：「甚愧丈人厚，甚愧丈人真。每于百僚上，猥誦佳句新。」但我還是渴求：「竊效貢公喜，難甘原憲貧。」

最後我向延恩匭投三大禮賦，這是直接向皇上獻文。果然得到皇上的垂注，我在集賢院應試，由眾學士來監考。一時之間我的聲名顯赫：「憶獻三賦蓬萊宮，自怪一日聲煊赫。集賢院士如堵牆，觀我落筆中書堂。」我以為自此「汨沒一朝申」，但考試之後就沒有下聞。

直至我苦等了四年，才獲授一個小小的河西縣尉，失望之下拒絕赴任。其後改為右衛率府胄曹參軍，雖然仍是無權無勢之小官，與我扶世濟民之抱負相差太遠，但總算留在京師，也為了生計，只好就任。

這十多年的京師生活，雖然是困頓，和飽嚐世態炎涼，卻令我大開眼界，我可以說是同時置身於兩種迥然不同的境況中，一種是平民百姓之生活，我和他們息息相關，我除了靠朋友接濟之外，常常賣藥都市，和平民打成一片，目睹他們艱辛的生活，終日胼手胝足，也未必有溫飽，我十分之同情他們：「窮年憂黎元，嘆息腸內熱。」這也是我作為儒家之志向：窮則獨善其身，達則兼善天下。

我的日子雖然也不好過，但畢竟是生於官宦之家，先父是兗州司馬，我可以「生常免租稅，名不隸征伐」。平民生計艱苦之外，還要負擔沉重的稅項，徭役和兵役，尤其是遠戍邊疆，難望能生還回家了，正是：「或從十五北防河，便至四十西營田。去時里正與裹頭，歸來頭白還戍邊，邊亭流血成海水，武皇開邊意未已。」結局是：「生男埋沒隨百草，君不見青海頭，古來白骨無人收。」

戰爭只會帶來無平民百姓無窮之苦難：「君已富土境，開邊一何多！」當金城公主去世，吐蕃特使向朝廷報訊時，並提出重修舊好，但明皇一口拒絕，其後更派遣哥舒翰攻取了石堡城，犧牲了四萬多名將士性命，得此無用之地，更釀成了日後兵禍連結。

當我有幸列席於權貴之宴會時，那又是另一種境況：「中堂舞神仙，烟霧蒙玉質。煖客貂鼠裘，悲管逐清瑟。勸客駝蹄羹，霜橙壓香橘。」他們又競為豪奢：「紫駝之峰出翠釜，水精之盤行素鱗。犀筋厭飫久未下，鸞刀縷切空紛綸。黃門飛鞚不動塵，御廚絡繹送八珍。」所有這些東西，其實都是出自民脂民膏：「彤庭所分帛，本自寒女出。鞭撻其夫家，聚斂貢城闕。」

這就是我親身體會到的兩種極端的境況：一邊是衣不蔽體，食不裹腹的貧苦大眾，他們還隨時因傜役及兵役而喪命；另一邊是窮奢極侈，揮霍無度之達官貴人。當我回家時：「入門聞嚎啕，幼子餓已卒。」而「所愧為人父，無食致夭折。」身為有官職的我家，尚有此慘事，其他一直活在水深火熱中的百姓又會是如何呢？我忍不住怒吼：「朱門酒肉臭，路有凍死骨！」

這時夜色已完全淹沒此空谷，琴聲也隱沒了，應該是晚飯時候。我們一家人用膳時，老妻提醒我家中餘糧已不多了，這位「佳主人」至今不見現身，看來是爽約了！沒有了依靠，就得另想辦法，正是：「無食問樂土，無衣想南州。」向南行之漢源應該是可居留的地方：「漢源十月交，天氣涼如秋。草木未黃落，況聞山水幽。栗亭名更嘉，下有良田疇。充腸多薯蕷，崖蜜亦易求。密竹復冬筍，清池可方舟。」

在離開此空谷之時，我向這位芳鄰贈了這首詩：

絕代有佳人，幽居在空谷。自云良家子，零落依草木。
關中昔喪亂，兄弟遭殺戮，高官何足論，不得收骨肉。
世情惡衰歇，萬事隨轉燭。夫婿輕薄兒，新人美如玉。
合婚尚知時，鴛鴦不獨宿。但見新人笑，那聞舊人哭。
在山泉水清，出山泉水濁。侍婢賣珠回，牽蘿補茅屋。

摘花不插髮，採柏動盈掬。天寒翠袖薄，日暮倚修竹。

我同情她，亦有自況之意。此次短暫之鄰居，別後就後會無期，她能存活下去嗎？我不敢想像，可以肯定的是：「明日隔山岳，世事兩茫茫。」

訣別

吳山高，越水清，握手無言傷別情，將欲辭君掛帆去，
離魂不散煙郊樹。此心鬱悵誰能論？有愧叨承國士恩。

——李白

你愛到處雲遊，而你所構建之別業都是在山中，因為你要遠離繁囂。你每次回來，或是在名山佳處新建別業時，你總是邀請我全家去長住。事實上你家居之牆壁，都要我題上詩句，你喜歡我的書法，更喜愛我之詩。我相識滿天下，但真正的知己，只有你一人：元丹丘！

對你之離塵脫俗，飄然如仙，我贈以此詩：

元丹丘，愛神仙。朝飲潁川之清流，暮還嵩岑之紫煙。三十六峰常周旋。
長周旋，躡星虹。身騎飛龍耳生風，橫河跨海與天通。我知爾遊心無窮。

而我之慕道求仙，亦是拜你所賜。我每次失意時，你總是勸我：你不適合這個俗世，和我一同歸隱吧！當然你有足夠之能力，讓我和你各山中之別業詩酒嘯傲一生。

我的確是很羨慕你山中神仙般的日子，與世無爭：「羨君道書常滿案，含丹照白霞色爛。」但我不甘心就此隱退，我也不是很留戀這個塵世，不過在隱退之前，必須有所作為：「申管晏之談，謀帝王之術，奮其智能，願為輔弼。使寰區大定，海縣清一。事君之道成，榮親之義畢。然後與陶朱留侯，浮五湖，戲滄洲，不足為難矣。」簡單而言，我是要：「待吾盡節報明主，然後相携卧白雲。」你聽了我的表白，總是不以為然地搖搖頭。有一次我到你的山居相聚時，你忽然說：「我相信你的夙願是可以達成的！」當時我不大明瞭此話之含義，以為你又是在安慰我而已。

果然不久有聖旨召我入朝。原來你在長安時，曾為西京大昭成觀威儀，奉敕修建玉真公主之道觀。你和玉真公主都是師事胡紫陽。你向玉真公主極力推薦我，於是她向主上進言，她是主上之親妹，何況我之詩賦早已天下傳誦，明皇也想見我，自然一說即合。多年之夙願終於實現，雖然已四十多歲，盛年已過，我終於能吐氣揚眉，可惜我的妻子已離我而去，看不到我那時得意之神情。為了照顧我一對年幼的子女，我曾合於當地一魯婦人，其後她亦嫌我窮困而下堂求去。她做夢也想不到我會有此一日吧！她會不會也要求覆水重收呢？於是我飽餐一頓，興高采烈地留下此詩給子女作別：

白酒新熟山中歸，黃雞啄黍秋正肥。
呼童烹雞酌白酒，兒女嬉笑牽人衣。
高歌取醉欲自慰，起舞落日爭光輝。
遊說萬乘苦不早，着鞭跨馬涉遠道。
會稽愚婦輕買臣，余亦辭家西入秦。
仰天大笑出門去，我輩豈是蓬蒿人！

此次入朝，我以為終於可以一展抱負。但我只不過是個翰林待詔，並無一官半職。明皇當然很欣賞我之才華，也常要我侍從遊宴，但只是要我作應景之詩賦而已，對此我自然游刃有餘，甚至帶醉亦能一揮而成，文不加點，令明皇甚為驚異和激賞，我應制之作諸如：「宮中行樂詞」及「清平調詞」，由名歌者李龜年押陣，滿宮全唱，至天下傳誦。但我志不在此，我冀望的是：「奮其智能，願為輔弼。使寰區大定，海縣清一！」文學侍臣雖貴，只不過是點綴昇平而已，非我所欲也。

我也曾聽聞明皇的確是有意給我官職，曾三次欲加官給我，但都因宮廷內有人從中作梗而作罷。這個能作梗之人，自非等閑之輩。我細心琢磨一下，只有兩人：若非高力士，就是張垍，更可能是兩人聯手。高力士權勢熏天，所有奏章，都要先經他過目，才能呈交主上。所以連太子對他也忍氣吞聲，權貴大臣對他趨奉更唯恐不及，只有我不將他看在眼內。有次我醉酒，明皇要他攙扶我，大概因此而懷恨在心。至於張垍，他尚寧親公主，為駙馬都尉。數年前我第一次入長安，求見玉真公主，他就捉弄過我，將我安置在玉真公主不會出現之廢宅中。累我空等個多月，最後我拂袖而去，留詩諷刺他。有此過節，自然不想我在朝中有任何職位。

有此兩座大山壓頂，我難有出頭之日。我本來已很嗜酒，在抑鬱之下，更放浪形骸，日夕痛飲，不是醉臥於市中酒樓，就是醉倒在王公大臣之家裡，真的是：「但願長醉不願醒。」若是和好友共飲，我更是往往醉到數日不醒人事：「黃金白璧買歌笑，一醉累月輕王侯！」我和這些著名酒友是：太子賓客賀知章，汝陽王李璡，左丞相李適之，御史崔宗之，戶部侍郎蘇晉，狂草書法家張旭和有辯士雄風之焦遂。

後來杜甫為此特別作出傳誦一時之飲中八仙歌，他惜墨如金，形容其他人僅兩三句，唯獨是我有四句：

李白一斗詩百篇，長安市上酒家眠。
天子呼來不上船，自稱臣是酒中仙。

是的，許多時有旨要我入宮應制執筆，我都爛醉如泥，無法應命，我的確是有違翰林待召之職守。其實我這樣做，乃是暗示我不要只做個文學侍臣，冀望明皇能領悟。可惜的是：「世人不識東方朔，大隱金門是謫仙。」

很明顯我這樣做是弄巧反拙，明皇不單無領悟我之苦心，反而疏遠我，其間自然有人落井下石。我在苦悶中，我寫了一首詩呈翰林集賢諸學士以抒懷，其中有句云：

青蠅易相點，白雪難同調。
本是疏散人，屢貽褊促誚。

此四句詩，我是暗指張垍，但諸學士以為是針對他們，我有口難辯。其實他們只要細心想一下就明白，我呈詩給他們，怎會是對他們不敬呢！但已鑄成大錯，我差不多是開罪了所有翰林院之學士，我完全被孤立。

就在此時，收到你之書信，書中對我勸勉有嘉。你當然也知悉我之處境了，我如何向你交待或申訴呢？我入朝是由你推薦，如今我弄到一團糟，我是愧對故人：「此心鬱悵誰能論？有愧叨承國士恩。」我唯有以詩代書回答，隱晦其辭，言不及義，以免又多生事端：

開緘方一笑，乃是故人傳。
故人深相勉，憶我勞心曲。
離居在咸陽，三見秦草綠。
置書雙袂間，引領不暫閑。

三見秦草綠，原來我入朝已頭尾三年，依然一事無成，只作了一大堆歌功頌德之詩詞歌賦，此有違我入朝之本意，我簡直是覺得自己面目可憎。如今明皇疏遠我，翰林諸學士幾乎與我割席，加上高力士和張垍從中作梗，我不能再留下去。留下去不單無作為，甚至會惹禍，禍止及身還可，生怕連累你。於是我上書要求還山，明皇雖然也頗為惋惜，但最終還是如我所願，賜金將我送走：「君王雖愛蛾眉好，無奈宮中妒殺人。」

此次離朝是我最大的挫敗，今後我還有甚麼路可走？我離開長安時，向唯一之好友王侍御告別，他不在家，或是避而不見？壁上有鸚鵡，於是我題詩其旁後黯然而去：

落羽辭金殿，孤鳴托繡衣。
能言終見棄，還向隴西飛。

雖然失意，我豁達灑脫之性格，很快就將愁苦拋諸腦後，又傲然地唱出：「鳳飢不啄粟，所食唯琅玕。焉能與群雞，刺蹙爭一餐。」仕途失意，於是又再轉而向道求仙，這差不多是當我失意時例行之慰藉，而這次是來個真的，特隆重其事，請北海高天師授道籙於齊州紫極宮，我成為正正式式之道士！用意是與你看齊並肩，成為真正莫逆之道友！到和你相見時，給你一個驚喜。

在與你相見之前，我要作長時漫遊，因為我很可能從此跟你歸隱山林，謝絕世事。在漫遊途中我結識了杜甫和高適，他們都是極其傑出之詩人，他們當時雖然寂寂無名，我肯定將來他們必有大名於天下。我們甚為相得，天天相聚，飲酒賦詩，惺惺相惜。時值秋高氣爽，於是我們來一次秋獵，飛鷹走狗，馳騁彎弓，快意之至：

駿發跨名駒，雕弓控鳴弦。
鷹豪魯草白，狐兔多肥鮮。
邀遮相馳逐，遂出城東田，
一掃四野空。喧呼鞍馬前。
歸來獻所獲，炮炙宜霜天。

可惜這次相處日子甚短，不久就分手，高適北上謀出路，杜甫西去長安應試，我則南下遊吳越，真的是各散東西。想不到此次別後，再無相見之日。這次漫遊，歷時多年，我詩名本已甚著，加上曾身入翰林，為天子近臣，所到之處，都大受歡迎和敬重，宴會和酒席應接不暇：「瓊杯綺食青玉案，使我醉飽無歸心。」郡縣太守也和我共醉：「漢東太守醉起舞，手持錦袍覆我身，我醉橫眠枕其股。」而好客的主人多的是：「蘭陵美酒鬱金香，玉碗盛來琥珀光。但使主人能醉客，不知何處是他鄉！」而我離去時他們都依依不捨：

李白乘舟將欲行，忽聞岸上踏歌聲。
桃花潭水深千呎，不及汪倫送我情。

我已走遍大江南北，遊興仍然未止歇，直至偶然來到石門山下，我才猛然想起，你的居處就在此山上，我應否上山探望你？其實我所謂到處漫遊，只不過是自我療傷，和逃避見你而已，我差不多是被逐離朝，玉真公主對你必定有所怪責吧？而我亦是愧對故人。但逃避不是辨法，正是神推鬼使令我來到這裡，於是我上山見你。

這是睽別多年後首次相聚，真的是樂不可支。我和你情逾天倫，沒有任何事情可以將我們分隔，我之顧慮是多餘的，你完全沒有怪責我，甚至沒有提及我離朝之事，也許我們久別重逢，委實是太開心了，何必提及此掃興之事。當我抖出我之道籙，你更是撫掌呵呵大笑，你說我還欠一襲道袍呢！

這十幾天在山中，我們一同看日出日落。你傾聽我對月吟詠，山泉烹茗。我聆聽你彈琴吹蕭，舉杯陶然。早晚你勤讀道書時，我不敢打擾你，我審視你長久之入定龜息，我將一片羽毛放在你之鼻孔下，羽毛寂然長久不動，若非你還有體溫，我以為你已坐化而去。這就是你在山中過之日子，以前是如此，今後也將是如此。這幾年我之遭遇可說是翻天覆地，而你則是水波不興。對於如此恬淡之歲月，我不知是羨慕或是厭倦，我從未如此茫然不知所措。也許你之境界非我所能明白，更無法企及，你是一個真正有道之士，我雖有道籙，全無修為，浪得虛名而已。

這一天我們在松下對弈，黑白子互相攻佔，侵城掠地，隱隱然有金戈殺伐之聲。你忽然神情凝重地說要離開這裡，我以為是要下山，此正合我意，這裡實在是太孤寂了。原來你是要另覓更隱蔽之深山密林，人跡不到之處，你真的是要與世隔絕，與世長辭。我對你之決絕避世甚為震驚，亦不了解，於是你向我說出訣別塵世之深層原因。你說天下將會大亂，舉世再無樂土。如今朝廷安於逸樂，競尚豪奢，卻又好大喜功，不恤民命和民力，日夕以開拓疆土為念，上有好者，下有甚焉，自然輕啟邊釁。所以重兵皆置於疆陲，已是尾大不掉，其將帥又多是異族人士，居心叵測。國內武備不修，一旦中原有事，天下就分崩離析，生靈塗炭，哀鴻遍野。

你之剖析無疑有些道理，但如今四海宴然，平民安居樂業，又怎會突然出現如此何怕之情景。你見我不以為然，於是又肯定地說：「不出十年，即會出現動亂，甚至隨時會都發生。」我不想和你討論此事，拈起一枚黑子，正要放到棋盤中去，但舉棋不定。你又決斷地說：「很高興在訣別之前，能和你再相聚一次，我還以為見不到你呢，今後你要多多保重！」我聽了心頭大震，黑子也失手跌落，打亂了棋局。

原來你早已有遁世之意，只是等我來相見，才作訣別。而你這次真正之隱退，竟然不邀請我，也許你認為我捨不得這個塵世，下不了決心和你一同隱姓埋名，也許你真的不想和任何人有牽連，即使連我也要決絕，過真真正正孤獨的日子，世人再也找不到你。

在訣別前一晚，我失眠了，回顧我之大半生，可說是：「富貴與神仙，蹉跎成兩失。」而失去你這個唯一的知己，才是我最傷痛之事。在極度痛苦中我寫下此惜別長詩：

吳山高，越水清，握手無言傷別情。將欲辭君掛帆去，離魂不散烟郊樹。此心鬱悵誰能論？有愧叨承國士恩。雲物共傾三月酒，歲時同餞五侯門。羨君素書常滿案，含丹照白霞色爛。余嘗學道窮冥筌，夢中往往遊仙山。何當脫屣謝時去，壺中別有日月天。俛仰人間易凋朽，鍾峰五雲在軒牖。惜別愁窺玉女窗，歸來笑把洪崖手。隱居寺，隱居山，陶公煉液棲其間。靈神閉氣昔登攀，恬然但覺心緒閑。數人不知幾甲子，昨來猶帶冰霜顏。我離雖則歲物改，如今了然識所在。別君莫道不盡歡，懸知樂客仍相待。石門流水遍桃花，我亦曾到秦人家。不知何處得雞豕，就中仍見繁桑麻。翛然遠與世事間，裝鸞駕鶴又復遠。何必長從七貴遊，勞生徒聚萬金產。挹君去，長相思，雲遊雨散從此辭。欲知悵別心易苦，向暮春風楊柳絲。

夢李白

浮雲終日行，游子久不至。
三夜頻夢君，情親見君意。
——杜甫

很久沒有李白的消息，自從東山一別，各散東西，他遠在東北，我則偏僻西南，山川阻隔，路途遙遠，加上戰亂，再沒有見面，我一直記掛着他。最近終於有他的消息，但卻是個壞消息：因附從永王璘而獲罪，被判流放夜郎！

得知消息後，我連續三夜夢見他，這當然是我思念他之故，但他不也是懷念我而來入我夢嗎？夢境如此真實，當時我以為他真的來訪，十分之高興，我知道他是在牢獄之中的，所以忍不住問他：「君今在羅網，何以有羽翼？」他只是苦笑不答，我們攜手入座，把杯暢飲敘舊。

他的嘴唇只要沾到了酒，就意氣風發，眉飛色舞，那一種飛揚跋扈的神態，至今不變：「痛飲狂歌空度日，飛揚跋扈為誰雄？」的確有揮斥八極，睥睨寰宇之慨！他舉杯朗吟起來：「棄我去者，昨日之日不可留，亂我心者，今日之日多煩憂。長風萬里送秋雁，對此可以酣高樓。蓬萊文章建安骨。中間小謝又清發。俱懷逸興壯思飛，欲上青天覽日月。」

果然是李白之本色，我為他添酒，他又一飲而盡，又朗吟：「君不見黃河之水天上來，奔流到海不復回。君不見高堂明鏡悲白髮，朝如青絲暮成雪。人生得意須盡歡，莫使金樽空對月。天生我才必有用，千金散盡還復來！」是的，他散盡何止千金，他出蜀後，「曾遊淮揚，不逾一年，散金三十餘萬，有落魄公子，悉皆濟之。」

坦白說，我家無宿糧，生活完全靠親友接濟，有時會斷炊，「厚祿故人音書絕，恆飢稚子色淒涼。」有時我困迫得向高適求救：「百年已過半，秋至轉飢寒。為問彭州牧，何時救急難？」我僅有的幾樽酒被李白一掃而空，他再索酒時，我尷尬地說沒有了，慢待了千里而來久別之好友，心中有愧，想不到他反客為主地說：「主人為何言少錢？逕須沽酒對君酌。五花馬，千金裘，呼童將出換美酒，與爾同銷萬古愁！」他又說：「古來聖賢皆寂寞，唯有飲者留其名！」當他大叫童子取他的翠雲裘去換酒時，身為主人的我困窘不堪，手足無措，我在焦急中醒過來，於是我見到：「落月滿屋樑，猶疑照顏色。」

一切都那麼真實，難道是他的鬼魂？他不會是已經死了吧？即使是鬼魂，也不容易到來！「魂來楓林青，魂返關塞黑。」我真為他遙遠的旅途而擔心：「水深波浪闊，無使蛟龍得。」

其後兩夜我都夢見他，他憔悴又落寞得多了，不再那麼意氣昂揚，他有許多抑鬱，但無法傾訴。也許知道我生活拮据，不再向我索酒食，我們同是天涯淪落人，都是晚景淒涼。我們有些默然無語，於是我向他致意而唸出此詩：

涼風起天末，君子意如何？
鴻雁幾時到，江湖秋水多。
文章憎命達，魑魅喜人過。
應共冤魂語，投詩贈汨羅。

他聽了苦笑地點頭同意地說：「原來詩人晚景都是不佳。」

我為他心痛又惋惜，正是：「冠蓋滿京華，斯人獨憔悴。」他告別時都依依不捨，說每次來訪都不容易，出門時捉摸着白髮，似乎還有許多話要對我說。

告歸常局促，苦道來不易。
江湖多風波，舟楫恐失墜。
出門搔白首，若負平生志。

我在迷惘中醒來，連續三夜夢見李白，的確很不尋常：「故人入我夢，明我長相憶。」

其實他之所謂「附逆」是天大的冤案。當初李白應邀入永王璘幕府時，他怎會知道永王其後會作反呢？以為是出兵勤王。他所作之永王東巡歌十一首，其第一首即可見：「永王正月東出師，天子遙分龍虎旗。樓船一舉風波靜，江漢翻為雁鶩池。」其第五首：「二帝巡遊俱未回，五陵松柏使人哀。諸侯不救河南地，更喜賢王遠道來。」

此正顯示永王勤王之身先士卒，是很有帶頭和激勵人心之作用。其第十一首更清楚不過了：「試借君王玉馬鞭，指麾戎虜坐瓊筵。南風一掃胡塵靜，西入長安到日邊！」

及至永王並非北上抗敵，而是南下襲取廣陵時，反形才露，這時李白已是上了賊船，身不由己了。即使如此，李白並無參與任何確實之叛逆行為，沒有作任何計謀和策劃，更無實權去調動一兵一卒，他只是個陪宴賦詩助興之文人而已。那些真正為永王策劃及指揮作戰的投機者，見大勢已去，就反過來急速「投誠」，更得到加官進爵，豈不是很諷刺？而對李白則是：「世人皆欲殺！」只有我是：「吾意獨憐才」。

李白雖然由死刑改為流放夜郎，也是刑罰過重！何況他已很老邁了，經得起崎嶇和危險旅途的折磨嗎？「孰云網恢恢，將老身反累。」他除了短暫做過翰林供奉之外，一生從未得意過：「稻粱求未足，薏苡謗何頻。五嶺炎蒸地，三危放逐臣。」

於是許多前塵往事都浮現出來。我們初次見面是在東都洛陽。那年是天寶三年，他是翰林學士，但此供奉兩年左右就要求還山，他是有不得已之苦衷，也許他之放蕩不羈，桀驁不馴的性格，無意中得罪了許多人也不知，受到了排擠，於是明皇也「順其意」賜金將之放還。

他在回家途中，在洛陽和我相遇。他入翰林之前，已名滿天下，我是個無名小卒，何況他年長我十二歲，但他對我這個晚輩沒有半點輕視。我們一見如故，又互相欣賞，可以說是忘年之交。當時他雖然失意，但並不如何失望，他有信心可以東山再起：「閑來垂釣清溪上，忽復乘舟到日邊！」

那時我亦朝氣蓬勃，數年前雖然落第，不以為意，一次挫折算不了甚麼，輕快地作詩云：「忤下考功第，獨辭京尹堂。放蕩齊趙間，裘馬頗輕狂。」那時先父在世，他是兗州司馬，我去覲省，亦是東遊，寫下此氣勢磅礡之作：

東郡趨庭日，南樓縱目初。
浮雲連海岱，平野入青徐。
孤嶂秦碑在，荒城魯殿餘。
從來多古意，登臨獨躊躇。

另一首亦睥睨一切：

岱宗夫如何，齊魯青未了。
造化鍾神秀，陰陽割昏曉。
蕩胸生層雲，決眦入歸鳥。

會當凌絕頂，一覽眾山小。

對於他之離開朝廷：「乞歸優詔許，遇我宿心親。」我獻給他此詩：「李侯金閨彥，脫身事幽討。亦有梁宋遊，方期拾瑤草。」

此次我們結伴同遊，探訪古蹟，談文說詩，評騭古今人物，縱酒高論：「飲酣視八極，俗物多茫茫。」真是快意之至，是的，以前我接觸的人都是俗物：「二年客東都，所歷厭機巧。」

所謂有諸內必形於外，他之飄逸出塵，真的是人如其詩，詩如其人，賀知章以「謫仙」來形容他可說是恰當又妙絕之至，是千古不能移之定調。而「謫仙」之名終身依附着他，別人無法取代，我可以斷言，此名將會跟隨他而留名萬世。

他所得到的「賜金」，差不多是第一個與我共享：「余亦東蒙客，憐君如弟兄。醉眠秋共被，攜手日同行。」我們：「醉舞梁園夜，行歌泗水春。」不過我對他之狂飲有些不已為然：「秋來相顧尚飄蓬，未就丹砂愧葛洪。痛飲狂歌空度日，飛揚跋扈為誰雄？」

坦白說，他之被「逐出」朝廷，多少是與他狂飲而常醉有關，因為每次應詔時，都爛醉如泥，如何能作翰林待詔？其次亦擔心他酒後，會有所謂「言溫室樹」而洩漏禁中密事，他畢竟是最接近主上之人！但要他禁酒或少飲，那就不是李白了：「李白一斗詩百篇，長安市上酒家眠。天子呼來不上船，自稱臣是酒中仙。」

我們一同去尋訪范十隱士清幽的居處，其間發生一件趣事，途中失路，我們陷落在蒼耳叢中，蒼耳其實多刺，好着人衣，李白貴重的翠雲裘遂黏滿可惡的蒼耳，我大驚失色，對於我為他而惋惜和心痛，他只是淡然一笑，灑脫之至。

其後他寫下此詩：「城壕失往路，馬首迷荒陂。不惜翠雲裘，遂為蒼耳欺。入門且一笑，把臂君為誰？酒客愛秋蔬，山盤薦霜梨。他筵不下筯，此席忘朝飢。」我則作了此首：「更想幽期處，還尋北郭生。入門高興發，侍立小童清。落景聞寒杵，屯雲對古城。」

其後我們去造訪華蓋君，打算向他學道問法，想不到他竟然已去世，令我們對成仙之事頗為存疑：「昔謁華蓋君，深求洞宮腳。玉棺已上天，白日亦寂寞。」

其後我們遇上高適，他也是個頗負詩名之奇人：「少濩落，不事生產。」又：「喜言王霸大略，務功名，尚氣節。」結果是進身無門，慨嘆：「布衣不得干明主。」我們三人實在是太臭味相投了，於是一同遨遊和作秋獵：「昔者與高李，晚登單父台。寒蕪際碣石，萬里風雲來。桑柘葉如雨，飛藿共徘徊。清霜大澤凍，禽獸有餘哀。」

李白詩云：「駿發跨名駒，雕弓控鳴弦。鷹豪魯草白，狐兔多肥鮮。邀遮相馳逐，遂出城東田。」至於高適則有句云：「古跡使人感，琴台空寂寥。靜然顧遺塵，千載如昨朝……四時何倏忽，六月鳴秋蜩。萬象歸白帝，平川橫赤霄。」

此次之聚會，奠定我們三人永久之情誼：「憶與高李輩，論交入酒壚。兩公壯藻思，得我色敷腴。氣酣登吹台，懷古視平蕪。」事實上我如今之生活，部分是依靠高適來接濟。

宋梁遊之後我們就分手，各奔前程。其後在東魯我和李白還有一次短暫的聚會，告別時他以此詩相送：「醉別復幾日，登臨徧池台。何言石門路，重有金樽開。秋波落泗水，海色明徂徠。飛蓬各自遠，且盡手中杯。」想不到自此一別，我們再無相見之日！

別後我寄詩給他：「寂寞書齋裡，終朝獨爾思。更尋嘉樹傳，不忘弓角詩。短褐風霜入，還丹日月遲。未因乘興去，空有鹿門期。」他回贈我此詩：「我來竟何事，高臥沙丘城。城邊有古樹，日夕連秋聲。思君若汶水，浩浩往南征。」想不到這是他給我最後的一首詩。

我們惺惺相惜，各自以為可以大展抱負。他以大鵬自居，〈上李邕詩〉即如此說：

> 大鵬一日同風起，扶搖直上九萬里。

假令風歇時下來，猶能簸卻滄溟水。

我則以鳳鸞自許：「七齡思即壯，開口詠鳳凰。」結果都終生沉淪，他更成為帶罪之身而流放夜郎。

我在追憶和思念中，寫下此詩，這是對他一生之總結：

昔年有狂客，號爾謫仙人。落筆驚風雨，詩成泣鬼神。
聲名從此大，汨沒一朝伸。文彩承殊渥，流傳必絕倫。
龍舟移棹晚，獸錦奪袍新。白日來深殿，青雲滿後塵。
乞歸優詔許，遇我宿心親。未負幽棲志，兼全寵辱身。
劇談憐野逸，嗜酒見天真。醉舞梁園夜，行歌泗水濱。
才高心不展，道屈善無鄰。處士禰衡俊，諸生原憲貧。
稻粱求未足，薏苡謗何頻。五嶺炎蒸地，三危放逐臣。
幾年遭鵩鳥，獨泣向麒麟。蘇武原還漢，黃公豈事秦？
楚筵辭醴日，梁獄上書辰。已用當時法，誰將此義陳？
老吟秋月下，病起暮江濱。莫怪恩波隔，乘槎與問津。

落花時節

岐王宅裡尋常見，崔九堂前幾度聞。
正是江南好風景，落花時節又逢君。
——杜甫

這是暮春三月，雖然江南地暖，但畢竟是春盡，已盛開的花就開始凋謝零落。大唐的國運也已過了鼎盛而走向衰敗。是的，最好的時光已消逝，正如我也已到了暮年，我感到來日無多，我五十九歲，一隻耳朵聾了，半邊身體偏枯了，而且還有肺病，我的殘軀還能支撐多久呢？

此身飄泊苦西東，右臂偏枯半耳聾。
寂寞舟繫雙下淚，悠悠伏枕左書空。

遺憾的是我未能返回故鄉洛陽，一別數十年，思鄉之情無時能忘，「人情同於懷土兮，豈窮達而異心！」因為我的祖居和祖墳都是在那裡，人老了自然會有落葉歸根之念。無論如何我也要魂歸故土，我遲遲未能成能行，只是欠缺盤川而已。我曾向不少親友求助，但都不得要領：「江邊老人歸不得，日暮東臨大江哭。」

我曾打算南下依舅氏崔偉，但得不到回音，於是唯有轉而向湖南幕府親友求助，冀能賑濟北歸，向他們委婉投以此詩：「水闊蒼梧野，天高白帝秋。途窮那免哭，身老不禁愁。大府才能會，諸公德業休。北歸沖雨雪，誰憫敝貂裘？」依然是石沉大海。

回顧我坎坷的一生，其實早已飽嚐人情冷暖，世態炎涼，尤其是一些小官小吏的臉色最令人難堪：「羈旅知交態，淹留見俗情。衰顏聊自哂，小吏最相輕。去國哀王粲，傷時哭賈生。狐狸何足道，豺狼正縱橫。」

至於我一些親戚，早已音書斷絕：「九度附書向洛陽，十年骨肉無消息。」落得「親朋無一字，老病有孤舟。」不錯，如今我之生涯就是在舟上，正好是我一生顛簸漂泊最終之寫照：「江漢思歸客，乾坤一腐儒。」

自從高適和嚴武相繼去世，我失去這兩大依靠，就決定離蜀返回洛陽，打算：「即從巴峽穿巫峽，便下襄陽向洛陽。」當初聽聞官軍收復河南河北時，我在狂喜中即曾有此打打算：

劍外忽傳收薊北。初聞涕淚滿衣裳。
卻看妻子愁何在，漫卷詩書喜欲狂。
白日放歌須縱酒，青春結伴好還鄉。

但由於種種原因未能成行，直到如今才能買舟東下，但心情已無復當初之興奮了，而且人也已衰老許多，實情是：「為問淮南米貴賤，老夫乘興欲東遊。」

離別時許多友人來餞行，終於能夠成行，反而百感交集，因為長久客寓蜀地，已有如是我的第二故鄉了，離開又怎能全無感觸呢？尤其是當地友好攜酒樂前來殷勤道別，此後無緣再見，如何不傷感？於是我題詩於屋壁：

臥病巴東久，今年強作歸。

故人猶遠謫，茲日倍多違。
接宴身兼杖，聽歌淚滿衣。
諸公不相棄，擁別借光輝。

當船離開白帝城，進入危機四伏之瞿塘峽時，我感懷身世和親歷旅途之險惡：

老向巴人里，今辭楚塞隅。
入舟翻不樂，解纜獨長吁……
擺闔盤渦沸，敧斜激浪輸。
風雷纏地脈，冰雪曜天衢。
鹿角真走險，狼頭如跋胡。
惡灘寧變色，高臥負微軀。
書史全傾撓。裝囊半壓濡。
生涯臨臬兀，死地脫斯須。
不有平川決，焉知眾壑趨。

有一次遇上巨大的漩渦，險遭翻舟，幸賴眾人同舟共濟，才得以脫險：

滅米散同舟，路難思共濟。
向來雲濤濄，眾力亦不細。
呀坑瞥眼過，飛櫓本無蒂。
得失瞬息間，致遠宜恐泥。

在風平浪靜時，舟行的確是舒服寫意：「直愁騎馬滑，故作放舟回。青惜峰巒過，黃知橘柚來。江流大自在，坐穩興悠哉！」在舟中夜宿別有情趣：「江月去人只數尺，風燈照夜欲三更。沙頭宿鷺聯拳靜，舟尾跳魚撥剌鳴。」

有時在細微中見到浩瀚：「細草微風岸，危檣獨夜舟。星垂平野闊，月湧大江流。」細雨又另有況味：「依沙宿舸船，石瀨月娟娟。風起春燈亂，江鳴夜雨懸。晨鐘雲岸濕，勝地石堂烟。」

我此次買舟東下，可說是孤注一擲，已沒有餘資了，沿途全靠友人及地方官員之接濟，我太自負也太樂觀了，以為我是嚴武和高適兩大朝廷命官之好友，又曾入嚴武幕府為參謀，嚴武向朝廷表薦我為檢校工部員外郎，至今我仍保留此虛銜，以及我薄有詩名，到處應得到起碼的尊重和資助，要回歸洛陽應不太困難吧？但真正的知音恐怕不多：「百年歌自苦，未見有知音。」

結果是事與願違，一般的衣食供應勉強可以維持：「苦搖求食尾，常曝報恩鰓。結舌防讒柄，探腸有禍胎。蒼茫步兵哭，展轉仲宣哀。飢藉家家米，愁徵處處杯。」多餘的資助則沒有。暄寒問暖的客套話不少，終無補於實際：「虛名但蒙寒暄問，泛愛不救溝壑辱。齒落未是無心人，舌存恥作窮途哭。」

我雖然有家歸不得，在舟中漂泊，比起困苦的平民大眾，畢竟我還是幸運的，因為沿途目睹民間之疾苦，實在難以釋懷：

歲云暮矣多北風，瀟湘洞庭白雪中。
漁父天寒網罟凍，莫傜射雁鳴桑弓。
去年米貴缺軍食，今年米賤太傷農。
高馬達官厭酒肉，此輩杼柚茅茨空。
楚人重魚不重鳥，汝休枉殺南飛鴻。
況聞處處鬻男女，割慈忍愛還租庸。

百姓早已民窮財盡，但徵求仍如蛆附骨：

石間採蕨女，鬻市輸官曹。
丈夫死百役，暮返空村號。
聞見事略同，刻剝及錐刀。
貴人豈不仁，視汝如莠蒿。
索錢多門戶，喪亂紛嗷嗷。
奈何黠吏徒，漁奪成逋逃。

其實官家徵存之積帛和積粟不見得少，有時甚至多至朽腐成糞土：

客從南溟來，遺我客泉珠。
珠中有隱字，欲辨不成書。
緘之篋笥久，以俟公家須。
開視化為血，哀今徵斂無！

我只能徒勞地大聲呼叫：「誰能叩君門，下令減徵賦？」橫徵暴斂又造成戰亂和盜賊縱橫，這些所謂「盜賊」，本來都是奉公守法之平民百姓，身居高位者，只要節儉一點，「盜賊」自會消弭於無形：「不過行儉德，盜賊本王臣。」其次平息戰爭，天下就太平：「要得務息戰斗，普天無吏橫索錢。」但如今是：

天下郡國向萬城，無有一城無甲兵。
焉得鑄甲作農器，一寸荒田牛得耕。
牛盡耕，蠶亦成，不勞烈士淚滂沱，男穀女絲行復歌。

當舟還行還未到江陵時，就傳來李之芳的噩耗，我本來正要投靠他，如今又少一個得力的好友，我陷入雙重之悲痛中：

漳濱與蒿里，逝水竟同年。
欲掛留徐劍，猶回憶戴船。
相知成白首，此別間黃泉。

風雨嗟何及，江湖涕泫然。

不及一年，舟抵衡州正要前往潭州時，我又收到另一個壞消息，潭州刺韋之晉病卒，我真的要作窮途之哭了，當高適和嚴武去世後，李之芳與韋之晉就是我最大的依靠，如今連他們也物化，我回鄉之望恐怕成空：

貢喜音容間，馮招疾病纏。
南過駭倉卒，北思悄聯綿。
鵩鳥長沙諱，犀牛蜀郡憐。
素車猶慟哭，寶劍欲高懸。

這一年是大曆五年，寒食又是在舟中度過，原來我已漂泊兩年，長安仍然是遙不可及：

佳辰強飲食猶寒，隱几蕭條戴鶡冠。
春水船如天上坐，老年花似霧中看。

娟娟雙蝶過閑幔，片片輕鷗下急湍。
雲白山青萬餘里，愁看直北是長安。

孤舟漂泊，無與相親，竟然有燕子飛來舟中，不能不使人驚喜，而又有身世茫茫之感：

湖南為客動經春，燕子銜泥兩度新。
舊入故園嘗識主，如今社日遠看人。
可憐處處巢居室，何異飄飄托此身？
暫語船檣還起去，穿花貼水益沾巾。

暮春三月，我來到潭州，舟泊在城下，我應潭州新任刺吏張某之邀而列席其宴會。他知我是前潭州刺史韋之晉的好友，邀請我是出於禮節性而已，酒食還是其次，最希望是能得到其旅費的資助。但我方便開口嗎？

酒酣有歌舞助興是必有之事，我最想有行酒令，即席拈韻賦詩，甚至聯句也好，但此種雅集可遇不可求，因為除了主人有雅興和文采之外，賓客應急之才也是個考量。若非深交相知，行酒令或即席賦詩之事，可免則免，否則會出現主客尷尬的場面。

想不到的是當這些年輕的歌妓和舞姬退下，最後登場竟是個年紀老邁男歌者，這也似乎是眾人所期待之人。因為所有賓客都屏息靜氣以待。只見此老者先整理一下衣冠，即唱出：「紅豆生南國，春來發幾枝。願君多採摘，此物最相思。」果然非同凡非響，歌聲何其熟稔，引起我久遠的回憶，在掌聲中我忍不住脫口而出：「李龜年！」

是的，此老歌者正是李龜年。怪不得功力如此深厚。見到久違的故人，我甚為激動，亦頗為感慨，一個曾傾動王侯和天子之宮廷歌唱大家，暮年竟然淪落在這些地方以演唱來維持生計。

跟着他又唱出：「清風明月苦相思，蕩子從戎十載餘。征人去日殷勤囑，歸雁來時數附書。」又是一陣熱烈的掌聲，這兩首詩歌都是王維之作。

接着而來的應是壓軸之曲了。果然是李翰林之精品，清平調詞三首，第一首：「雲想衣裳花想容，春風拂檻露華濃。若非群玉山頭見，會向瑤台月下逢。」

第二首：「一枝紅艷露凝香，雲雨巫山枉斷腸。借問漢宮誰得似？可憐飛燕倚新粧。」

第三首：「名花傾國兩相歡，常得君王帶笑看。解釋春風無限恨，沉香亭北倚闌干。」

這幾首動人的歌曲，將眾人的記憶帶回到開元時代，那時大唐鼎盛。亦是李龜年風光的日子，他和兩名弟弟彭年及鶴年，是最紅之宮廷樂工，兄弟三人皆有才學盛名，特承顧遇，在長安起大第宅，僭越之制，逾於公侯。

其時李白在翰林深受禮遇和倚重，是他一生最春風得意的時日。開元中，禁中初重木芍藥，即今之牡丹。有紅、紫、淺紅、全白四種。移植於興慶池東沉香亭前。會花方繁開，明皇乘駿馬「照夜白」，太真妃以步輦跟從。詔特選梨園子弟中優秀者，得樂十六部。李龜年以歌擅一時之名，手捧檀板，領眾樂前，將開始唱歌。明皇說：「賞花名，對妃子，怎能用舊樂詞？」

遂命龜年持金花箋，宣賜翰林供奉李白立進清平調詞三章。李白欣然承旨，雖然宿醉未解，仍能援筆一揮而成此三章，才思之敏捷和辭藻之華麗，對太真妃之揄揚，可說是字字濃艷得化不開，明皇固然大樂，龜年亦唱得舒暢無比。此三首歌曲在當時已傳誦天下，李翰林之詩詞和李龜年之歌聲，可說是最佳之配合。

李龜年演唱完畢，我立即上前與他敘舊。他見到我亦驚喜交雜，除了久別重逢的欣喜，他鄉遇故知之外，撫今追昔——此時此地，落花之飄零，彼此之衰老，蕭條和失意，世境之離亂，朝政之敗壞……大家都流落江南，他賣唱維生，我則飄泊舟中，有家歸不得，真有無限的感慨。這一切都是由安史之亂而引致的。

他更向我透露，當初流落江南時，不大習慣如此演唱，每次演唱時，都有一種說不出之滋味，鬱悶難申，有一次唱到中途忽悶絕仆地，以左耳尚有微暖，妻子未忍殯殮。經四日才蘇醒。

撿回一命，我聽了也代他感到欲哭無淚。

在離亂的異地中，我遇到不少沉淪之故交舊人，諸如擅丹青之曹霸，公孫大娘弟子舞劍器，說到「感時惋傷」，都不及與李龜年之相見。也許如今我們都老邁了，時日無多。在告別時，我贈他此詩：

岐王宅裡尋常見，崔九堂前幾度聞。
正是江南好風景，落花時節又逢君。

寂寞

我宿五松下，寂寥無所歡。田家秋作苦，隣女夜舂寒。
跪進彫胡飯，月光明素盤。令人慚漂母，三謝不能餐。

——李白

這陋室僅有一桌一椅，而且十分之簡陋粗糙。桌上暗淡的油燈勾畫出四壁泥牆，也刻畫出我孤獨的身影。北窗下有一張鋪了草蓆的木床。這是很普通田家的房屋，我今晚就在此過夜。到了我這個年紀，又到了如此田地，我還能有何奢求呢？今夜我能不在郊野露宿已是萬幸。

因為今早我又到敬亭山之亭子獨坐，這已是我唯一還可以去登臨之處。我已無財力及體力去遠游了，所以我曾寫下此句：

餐霞臥舊壑，散髮謝遠游。
山蟬號枯桑，始復知天秋。

暮年的我真的有如孤獨淒涼的蟬，在深秋發出寂寞的哀鳴。幸而敬亭山的確是百看不厭，我常登臨，聊抒遊山之樂，為此我特別寫出此詩：

眾鳥高飛盡，孤雲獨去閑。
相看兩不厭，只有敬亭山！

是的，以前我能平交王侯，又曾置身翰林，朋友更是相識滿天下，但如今卻是眾鳥高飛盡，他們都捨我而去，我能怪他們嗎？正是：「黃金散盡交不成，白首為儒身被輕。」何況我還是有帶罪之身！雖然我已被赦免，但由流放夜郎中道回來之後，就沒有人敢招惹我了。以前有無盡之酒筵和應接不暇的宴會，皆成為回憶，故舊也煙消雲散。以前我不知寂寞為何物，如今寂寞就有如影子那樣固執地跟着我。

今天我在敬亭山之亭子獨坐得很久，連日落了也不知，真的是到了坐忘之境。敬亭山固然好看，而更多時我是沉酣於追憶往事。杜甫就曾這樣問過我：「痛飲狂歌空度日，飛揚跋扈為誰雄？」後來他在另一首懷念我的詩，已代我作出解答：「出門搔白首，若負平生志。」我何止有負我平生之志，亦有負於他。

自從東魯別後，我們無機會再相見。雖然天各一方，他仍然不時寄詩給我，表示懷念。我卻從未作詩回答，對此我甚為內疚。但我有甚麼可寫呢？還有甚麼可以誇示呢？我早年之豪情，在顛沛流離困頓中，已消磨殆盡，尤其是如今我淪落江邊，過着寄人籬下，朝不保夕之生活。

最近又收到杜甫寄給我的詩，這詩頗長，可以說是對我一生之總結和讚揚：「昔年有狂客，號爾謫仙人。落筆驚風雨，詩成泣鬼神。聲名從此大，汩沒一朝伸。」在長安，我與賀知章相見，他對我之姿容大為驚異，閱讀過我之詩文後，更為傾倒，稱我為謫仙。其實在此之前，道士司馬承楨就說過我有仙風道骨，可與神遊八極之表。

接着杜甫又說到我在翰林供奉之事：「文彩承殊渥，流傳必絕倫。龍舟移棹晚，獸錦奪袍新。白日來深殿，青雲滿後塵。」

在翰林乃是我一生最得意之時光，但又何其短暫，前後不足兩年，就被賜金放還。所謂：「乞歸優詔許」，杜甫是顧存我的顏面之說法而已，其實我是迫於無奈而要求還山。這次打擊雖然沉重，但我並未絕望，因為那時我才四十多歲，仍有東山再起之可能。

在該詩中他又如此形容我：「劇談憐野逸，嗜酒見天真。醉舞梁園夜，行歌泗水濱。才高心不展，道屈善無鄰。處士禰衡俊，諸生原憲貧……」我的確是太天真了，當永王邀我入幕，我以為他是興師勤王，北上掃蕩安祿山之叛徒，收復兩京，然後迎二帝回朝。但想不到永王心懷叵測。他並非北上抗敵，反而揮軍南下，迅即攻下廣陵，意圖割據，反形畢露，原來我上了賊船也不知。許多將領都不想跟他叛逆朝廷，紛紛離他而去，自然很快就被平定。我之從逆本是死罪，幸得宰相張鎬力救，才改為長流夜郎。

杜甫詩中又有此兩句詩來說我：「稻粱求未足，薏苡謗何頻。」他以為我入永王之幕，是為了求稻粱。這未免小覷了我，也太不了解我！我之肯追隨永王，是為了建功立業！我是要：

試借君王玉馬鞭，指揮戎虜坐瓊筵。
南風一掃胡塵靜，西入長安到日邊。

誰知是上了賊船！我太天真了，以為終於可以一展夙願抱負：「申管晏之談，謀帝王之術。奮其智能，願為輔弼。使寰區大定，海縣清一。」

但永王之舉兵，不是勤王而是叛逆，而我也無辜地成為從逆。這一次打擊才是最致命，而我也已到了暮年，再無前路，再無希望，故舊星散，連生計也成問題。

杜甫最後以這四句詩來勉勵我：「老吟秋月下，病起暮江濱。莫怪恩波隔，乘槎與問津。」我還可以乘仙槎問津嗎？對於歲月之流逝，時不我與，我曾感慨地寫下此詩：

青春幾何時？黃鳥鳴不歇。
天涯失鄉路，江外老華髮。

在敬亭山之亭子內，我反反覆覆地閱讀杜甫寄給我這首長詩，追憶着往事。我失意離開長安，在回家之路上遇上杜甫和高適。我們一同訪古漫遊，飲酒論詩，並馳馬打獵，興致之高，令我暫忘被逐離朝廷之痛楚。

其後杜甫前往兗州省父，其父是兗州司馬，正好陪伴我返回老家山東。我們雖是初識，已莫逆於心，情同兄弟。除了志趣相同之外，彼此之詩作都是功力深厚，各有千秋。在風格上他欽佩我之飄逸出塵，我欣賞他之沉鬱頓挫。

這一段相處的日子，後來他有詩追記：「李侯有佳句，往往似陰鏗。余亦東蒙客，憐君如弟兄。醉眠秋共被，攜手日同行。」其後他去長安應試，我則東遊吳越。分手時我作詩送別：「醉別復幾日，登臨徧池台。何時石門路，重有金樽開？秋波落泗水，海色明徂徠。飛蓬各自遠，且盡手中杯。」想不到自此一別，我們再沒有相見之機會。

離別後不及一年，他寫了好幾首詩給我，我也回贈一首：

我來竟何事，高卧沙丘城。
城邊有古樹，日夕連秋聲。
魯酒不可醉，齊歌空復情。
思君若汶水，浩蕩寄南征。

這也是我唯一回贈他的詩。比起他後來不斷寫詩給我，對我頌揚和懷念，數量之多，感情之深厚，而我竟然不再回應，我實在是愧負故人。尤其是我從永王之事，敢為我開脫，斗膽地寫下此詩句：「世人皆欲殺，吾意獨憐才！」

想到這裡，我就熱淚盈眶。低頭再看杜甫長詩的手跡，但見一片模糊，我以為是淚水之故，抹乾眼淚後，依然是看不清楚，原來太陽不知何時已下山，暮色四合，山中之黑夜來得特別快。我由敬亭山跌跌撞撞地下來。

黑暗中已找不到回家之路，亦已來不及了，唯有就近叩田家之門，求借宿一宵。得到一名老婦慇懃地招待我入屋，這家好客的人姓荀。在屋內坐定之後，我這才感到飢腸轆轆，原來我已一整天未有進食，留宿過夜已是很大的打擾，我怎好意思再向主人家索食呢！

以前我曾慨嘆：「昔騎天子大宛馬，今乘款段諸侯門。」如今莫說款段駑馬，連代步的蹇驢也沒有。要叩諸侯之門，更是妄想。

回憶我初出蜀時：「曩昔東遊維揚，不踰一年，散金三十餘萬，有落魄公子，悉皆濟之。」我那時之豪情疏爽，又怎會想到如今暮年之淪落？晚景之淒涼！

不知是飢餓之故，秋夜中我感到有些涼冷。隣家女子在舂米，每舂一下，那沉重的聲響，是生命之重擔，都打到我的心坎上，飢餓和寒意就增加一分。搗衣聲也是如此，聲聲入耳。而四周的機杼聲彼起此落。

深秋過後就是嚴冬，要趕快織布和準備過冬之農事了，何況秋收緊迫。這些聲音都是與光陰爭先，一刻也不放過。村人連在夜裡都那麼忙碌，只有我是個閑人。每個人都要胼手胝足，才能勉強有溫飽，而我無所作為，就企求得到衣食，能無愧乎？

這時我才發覺我一生原來從未任過事！我的確作了不少詩賦文章，但這有甚麼用呢？「吟詩作賦北窗裡，萬言不值一杯水！」我辜負了此生，而我辜負的人也實在太多了。我辜負了杜甫，別後他寫了許多情感真摯的詩寄給我，而我竟然一首也不回應。我辜負了雙親，他們給我巨資送我出蜀，盼望我能幹一番事業，光耀門楣。但我無法衣錦還鄉，如今垂垂老去，相信今後也無此何能。

我自幼聰穎過人：「五歲誦六甲，十歲觀百家。又常橫經籍書，制作不倦。」我更曾三度模擬作全部文選之詩文，沒有任何文體難得倒我。難怪文章稱大國手之尚書蘇廷，在閱讀過我之文章，也向其群寮稱讚：「此子天才英麗，下筆不休，雖風力未成，且見專車之骨。若廣之以學，可以相如比肩也。」

我挾此巨資與雄才出蜀，滿以為青雲可期，必定不負雙親之厚望。後來我雖入翰林，但只不過是供奉，並無一官半職，最後落得賜金放還。一事無成，更敗盡家產。而誤從永王，更是幾乎性命不保。

那時我天真地以為：

天生我材必有用，千金散盡還復來。
烹羊宰牛且為樂，會須一飲三百杯！

甚至傲然地說：「黃金白璧買歌笑，一醉累月輕王侯。」而最耗資的是丹砂煉藥，服食以求仙。少年時我對神仙是很嚮往的：「家本紫霞山，道風未淪落。」而我之超逸出塵，的確與神仙不遑多讓，所以許多人都以詩仙來稱我。

我不是凡人，我是謫仙：

天上白玉京，十二樓五城。
仙人撫我頂，結髮受長生。
誤逐世間樂，頗窮理亂情……
試涉霸王略，將期軒冕榮。
時命乃大謬，棄之海上行。
學劍翻自哂，為文竟何成？
劍非萬人敵，文竊四海聲……

結果是：「富貴與神仙，蹉跎成兩失！」後來我也明白：「服食求神仙，多為藥所誤！」秦皇漢武傾全國之力去求仙，亦不能成事，足以為鑒：

徐市載秦女，樓船幾時回？
但見三泉下，金棺葬寒灰！

雖然我已覺悟求仙乃虛妄之事，但對煉丹服藥，依然樂此不疲，因為我深信此可以令我青春長駐，我對自己之容顏是頗為在意的：

傾家事金鼎，年貌可長新；
所願得此道，終然保清真。

浪遊與煉丹，已足以敗盡家產，何況我終日與酒為伍，不事生產！我之百病纏身，其實正是飲酒和藥服過多所致。

對於這些荒唐行徑，如今已噬臍莫及。所以我至今也不敢還鄉。杜甫也曾勸過我晚年不要再到處流浪：「匡山讀書處，頭白好歸來。」

其實在我流放夜郎途中，行至夔州之巫山時遇赦，巫山離匡山近在咫尺，我的確很想返回闊別已久之故鄉，但如此窮途落魄，我有何顏面回鄉？而我當時亦心存盼望，既然朝廷已赦我罪，當會再起用我！

我此詩即有此期盼：

去歲左遷夜郎道，琉璃硯水長枯槁；
今年赦放巫山陽，蛟龍筆翰生輝光。
聖主還聽子虛賦，相如卻欲論文章。

那時我就可以有如司馬相如那樣高車駟馬地回蜀。於是當時我即興高采烈地寫下此詩：

朝辭白帝彩雲間，千里江陵一日還。
兩岸猿聲啼不住，輕舟已過萬重山。

結果我又一次失望，我的確是太天真了！

我愈是不敢還鄉，思鄉之心反而是愈強，尤其是在每一個月圓不眠的晚上，我以此詩來排遣我的思念：

床前明月光，疑是地上霜。
舉頭望明月，低頭思故鄉。

此詩足以說盡所有遊子思鄉之情。最近我見到杜鵑花，又寫下此懷鄉詩：

蜀國曾聞子規啼，宣城還見杜鵑花；
一叫一回腸一斷，三春三月憶三巴。

比起前詩，此詩之悲情，正好反映出我暮年蕭瑟和衰頽之心境。

我也辜負了幾位好妻子。我先後結過四次婚。最先娶許氏，跟着是劉氏，然後是合於東魯一婦人，最後娶宗氏。這四段婚姻，只有許氏和宗氏才是正式之結髮夫妻，而巧得很，許氏和宗氏都是相門之孫女，家勢顯赫，我可以說是入贅之婿，是為人所輕視的，但我才不理會世俗之眼光。

但每次婚姻，皆是聚少離多，無甚天倫之樂。雖然我之離家是為了干謁以謀出路，但更多時我是愛到處漫遊。我幾乎遊遍天下名山大川，五湖四海都有我的足跡。

外遊中往往數年不歸家是等閑之事。何況我外遊時，攜同兩小妾和家僮丹砂，我喝醉時，丹砂就彈奏青海波，兩小妾翩翩起舞，有時我亦會加入，樂也融融，又怎會如今之寂寞無伴，只能對月獨酌：

花間一壺酒，獨酌無相親。
舉杯邀明月，對影成三人。
月既不解飲，影徒隨我身。

真的何其孤獨寂寞！

我就這樣駿馬美妾，到處遨遊，所到之處，當地二千石之大官，皆在郊外迎接我，視我為上賓，試問我又怎會感到寂寞而思家呢？曾自傲地說：

我本楚狂人，鳳歌笑孔丘。

手持綠玉杖，朝別黃鶴樓。
五嶽尋仙不辭遠，一生好入名山遊。

即使有時在家，我大都是爛醉如泥。我以此詩來自嘲：

三百六十日，日日醉如泥。
雖為太白婦，何異太常妻。

我完全冷落了妻子，如今回想起來，我實在是很對不起她們。其中之劉氏和東魯婦人都是捨我而去，我能怪她們嗎？

如今連我最後的妻子宗氏，也離開我，雖然說是追隨李騰空到廬山學道，謝絕世事，其實亦是對我甚為不滿之表現。李騰空是李林甫的女兒，她們二人皆是相門之女，相得益彰。

但李騰空自幼即出家，向道之心堅且純，而宗氏之半途入道，是對我完全失望才如此！我雖然捨不得，但她去意堅決。而她對我可以說是情至義盡，我能怪她嗎？

當永王邀我入幕時，她即極力阻止我。但我能錯過這機會嗎？因為我已是：「卷身編蓬下，冥機四十年。」現在終於可以大展身手：

寧知草間人，腰下有龍泉。
浮雲在一決，誓欲清幽燕。

更何況我之夙願是：「一生欲報主，百代期榮親。」於是我不理她之反對，應永王之邀入幕。還取笑地作了這首詩給她：

出門妻子強牽衣，問我西行何日歸。
歸時倘佩黃金印，莫學蘇秦不下機。

她果然是料事如神，永王給我的不是機會而是陷阱。當我身陷囹圄，性命不保時，她不單不怪我當初不聽她之勸告，反而到處為我奔走求救。在牢獄中我以此詩來謝她：

聞難知慟哭，行啼入府中。

多君同蔡琰，流淚請曹公。

我之能免死，改為長流夜郎，乃是得力於她及其家人多方面營救之結果。在我流放夜郎時，她和她的弟弟更千里迢迢相送我至烏江，這才依依惜別，以為此生再難有相見之日。她對我的確是情至義盡！

在流放途中，寂寞中我寄詩給她，以表思念，同時又怪責她疏於書信：

夜郎天外怨離居，明月樓中音信疏。
北雁春歸看欲盡，南來不得豫章書！

三年後我到達夜郎後不久，竟然獲得赦免！理應立即回到她的身邊，以敘離情及痛改前非，長伴她為是。但我剛復得自由，又將她拋諸腦後。正是：「半道雪屯蒙，曠如鳥出籠。」我又快樂地到處浪遊，真的是江山易改，秉性難移。

她是對我完全絕望了，這才出家入道。我懊悔已太遲，當她去意已決，我唯有強顏歡笑，送她入廬山，以此兩詩向她作別：

其一：

君尋騰空子，應到碧山家。

水春雲母碓，風掃石楠花。

若戀幽居好，相邀弄紫霞。

其二：

多君相門女，學道愛神仙。

素手掬青靄，羅衣曳紫烟。

一往屏風疊，乘鸞着玉鞭。

她離開後，我才感到真的寂寞和孤立無援，我不能再在宗家擱下去。到了我這個年紀，我還可以依靠誰呢？我嚐到了流離失所之滋味！我是咎由自取，但害苦了我的子女，他們都無依無靠。

是的，我辜負了我三個子女，沒有盡我為父之責任。我到處浪蕩漫遊，難得與他們共聚天倫，更不要說有任何管教。首任妻子許氏為我生了一女一子，其後合於一魯婦，她為我誕下一子，不久離開我，攜己子而去。我唯有聽之任之，我如何能撫育此小兒呢？此小兒自此音訊全無。

我在外漫遊時，有時自然也思念在東魯之子女，曾寫下此詩：

吳地桑葉綠，吳蠶已三眠。我家寄東魯，誰種龜陰田？
春事已不及，江行復茫然。南風吹歸心，飛墮酒樓前。
樓東一株桃，枝葉拂青烟。此樹我所種，別來向三年。
桃今與樓齊，我行尚未旋。嬌女字平陽，折花倚桃邊。
折花不見我，淚下如流泉；小兒名伯禽，與姊亦齊肩。
雙行桃樹下，撫背復誰憐？念此失次第，肝腸日憂煎。
裂素寫遠意，因之汶陽川。

其後安祿山反叛，天下大亂，有家歸不得，音信阻隔，令我憂心如焚。幸得門人武諤仗義，許諾冒死將我之愛子從東魯救出。武諤的確有俠士之風，我以此詩來形容他：

馬如一匹練，明日過吳門。

乃是要離客，西來欲報恩。
笑開燕匕首，拂拭竟無言……

我只能以此詩來答謝他之高義。

回顧我的一生，我辜負的人委實太多了，也許這是我慣於大言，又自以為是之故。我一向以大鵬來自負（杜甫則自認為鳳，我們真是一對活寶）。少年時我去謁見李邕，他顯然對我之自負不以為然，於是我以此詩來表白：

大鵬一日同風起，摶搖直上九萬里。
假令風歇時下來，猶能簸卻滄溟水。
時人見我恆殊調，見余大言皆冷笑。
宣父猶能畏後生，丈夫未可輕年少。

現在回想起來，我是太過份了，我怎能以此態度去見大官長者！那時雖說是少不更事，但我恃才傲物的性格，一直無法改變，也注定我一世坎坷。對於那些俗物，我是無忍受的，若是我能改變，我也就不是李白了！正是：「安能摧眉折腰事權貴，使我不得開心顏！」

如今暮年窮途，再不敢以大鵬自居，也不得不低顏垂首。我以天馬自譬：「天馬來出月支屈，背為虎文龍翼骨。嘶青雲，振綠髮。蘭筋權奇走滅沒；騰崑崙，歷西極。」

但我現在最想遇到的不是伯樂，而是田子方。我已老了，再難馳騁。田子方見道上被遺棄的老馬，憐憫地說：「少盡其力而老棄其身，任者不為也。」於是贖而養之至終年。我也發出此哀鳴：「請君贖獻穆天子，猶堪弄影舞瑤池！」

在我走投無路之時，聽聞李光弼大舉秦兵百萬出征東南，於是我請纓投軍，冀中鉛刀一割之用，但半道患病而還。此老病之身，我還可以投靠誰呢？

這時有人輕叩房門，我打開門，原來荀家老婦送食物入來，這實在是太好了，我正飢腸轆轆得難以忍耐，我向她再三地致謝。對着這盤彫胡飯，我慚愧得無法進食，因為韓信受漂母之飯，後來能以千金回報，我自問無此能力了。

且不要說將來，當前最為迫切的是，今夜之後我又去找哪一位東道主呢？我邊進食邊盤算着……這裡附近是當塗縣，縣令是李陽冰，他可以說是我的族叔。可惜甚為疏遠，且從未會面過，我貿貿然去投靠，似乎不大妥當。但他是我最後的一根可以抓住的稻草！其實對任何姓李人士，我都會攀作親友。李陽冰也是一位文章之士，篆書更是獨步天下，不會是勢利之俗人，也應該會欣賞我之詩文吧！

既然要去見他，那就先寫一首長詩向他致意。現在我就構思打腹稿，詩題是：贈從叔當塗宰陽冰，但我隨即將贈字改為獻字。我從未寫過獻詩與人，李陽冰是唯一一個我獻詩的人！也是我唯一的一首獻詩！

對雪

終南陰嶺秀，積雪浮雲端。
林表明霽色，城中增暮寒。
——祖詠

清晨我又是在嚴寒中凍醒，窗外仍然是白茫茫的一片，檐間的冰柱更長了，映着晨曦何其晶瑩剔透，每根冰柱彷彿還有一朵微弱小火焰在其中呢，可惜是全無熱力，只是散發出奇寒，而尖端如利刃，直刺人心窩，這也是個加深寒意之形象。鵝毛般之雪花依然下個不停：「夜深知雪重，時聞折竹聲。」

下了幾天大雪，池塘也結了厚冰，魚兒被困。我也被困在寒屋內，無法上山採樵，亦不能去江上捕魚。如此奇寒連日大雪，河水也應是結了冰吧，我忘記將小舟拖上岸，此刻正擔心殘舊的小舟會被結冰之河水而壓破，我之生計就更艱難了。正如前兩天我忘記在水缸放一束稻草，或將水倒去，結果夜來結冰，把水缸擠裂。我之家具已不多，可說是家徒四壁，如今又少了一件甚為有用之儲水器皿。而所謂：「千山鳥飛絕，萬徑人蹤滅。孤舟蓑笠翁，獨釣寒江雪。」這只是詩人美麗之想像而已，事實是即使河水不結冰，受凍之魚兒沉在江底，不動不食，試問如何去垂釣呢？

諷刺的是，我也是個詩人，但面對如此大雪，我只是想及生計，詩意杳然。嚴冬時我也曾去遠山採樵，日暮遭遇大風雪，本已沉重之樵蘇，再加上積壓之冰雪，此重擔非我所能承受，而每一舉步，都雪深及膝，連拔足也難，何況負重！但我能將辛苦砍伐得來之木柴丟棄嗎？我苦撐下去，而回家之路又何其遙遠：「日暮蒼山遠，天寒白屋貧。柴門聞犬吠，風雪夜歸人！」掙扎至深夜才能返抵家門。我沒有意外或病倒，真是邀天之幸。經此一役，我不敢到遠山採樵，尤其是下雪天。歲月不饒人，畢竟我的年紀已不輕，體力大不如前，但生活之重擔，何時方能息肩呢？

人人都說大雪兆豐年，但大雪對窮人而言，是個不易跨越之難關：「盡道豐年雪，豐年瑞若何？長安有貧者，為瑞不宜多！」如今我就被困在寒屋內，但我未能如袁安那樣幸運，得到官方之垂注和提拔。袁安東漢時人，時大雪積地丈餘，洛陽令身出案行，見人家皆除雪出。有乞食者至袁安門，無有行路，謂安已死。令人除雪入戶，見安僵臥。間何以不出，安曰：「大雪人皆餓，不宜干人。」令以為賢，舉為孝廉。

袁安只不過有困難時，不肯主動求助而已，其報何其厚！我是個薄有詩名之詩人，也曾進士及第，卻無緣出仕，無論如何，我是一個經書滿腹，有才華之人，但落得窮困終身，現在更僵臥寒屋內，甚至會凍餓而死，官府有人會過問嗎？事實上，即使我此刻死了，也不會有人知曉，亦不會有人理會。世道澆薄，人心不古，這也正是我之際遇。

說到際遇，我自然想起在長安之日子。那時我年輕俊秀，才華橫溢，也略有詩名，與著名詩人盧象，儲光羲，王翰，丘為及王維等，交遊酬唱，特別是與王維結為好友，彼此惺惺相惜。當時大唐國力鼎盛，我也朝氣蓬勃，以為屈指可以取公卿，來到長安就是要應試。當時也下了一場大雪，應景詩題為：「終南山望餘雪。」我略為思索，攝取意象，即揮毫寫下此四句詩交卷：

終南陰嶺秀，積雪浮雲端。
林表明霽色，城中增暮寒。

主考大為激賞，不過按照規定，此五言排律，應該是六韻十二句。有司也認為這是一首不可多得之傑作，但不合規格，要我湊足十二句。我回答：意盡。無謂畫蛇添足，於是揚長而去，這就是我之性格。此四句詩和我簡截之對答，也就傳誦一時。

雖然有此波折，以我之才情，後來終於考取進士及第，但一直不獲授官，原因我是寒貧之士，不認識任何權貴，自然無人會援手。以我之性格，亦不會到處干謁求引。進士及第只不過是塊進身敲門磚而已，若然不獲授官，一切都是畫餅。在朝中我唯一之好友王維，因伶人舞黃獅子犯忌諱而獲罪，遠貶至濟州。其實即使他仍然在朝，也只不過是個太樂丞之冷官，無權無勢，對我依然是愛莫能助。

孟郊曾屢試不第，他鍥而不捨，再接再厲，到終於能進士及第，還要等五年，才獲得一個小小的溧陽縣尉。他由初次應試到授職，先後共花了近十年時間！我雖然已是進士及第，但能等待五年嗎？或甚至要更長之時間，長安居，大不易，米珠薪桂。我家本貧寒，來遊長安和應試，已耗盡我僅有之資產。當床頭金盡，授職遙遙無期，我不得不離開長安，另謀出路。

於是我浪跡幽燕，這是東北邊防重鎮，將帥位高權重，他們大都會自行延攬文士作幕客，為文書工作，若能如此，總算有一枝之棲，或投筆從戎，未嘗不也是個出路。邊塞風光，加上我滿懷希望，於是寫下此傳誦一時之名篇〈望薊門〉：

燕臺一望客心驚，簫鼓喧喧漢將營。
萬里寒光生積雪，三邊曙色動危旌。
沙場烽火侵胡月，海畔雲山擁薊城。
少小雖非投筆吏，論功還欲請長纓。

不知我是過於狷介耿直，不易與人苟合，或是我真的命途多舛，到處碰壁。多年來都無所遇合，在走投無路無路之下，也對世人世事意興闌珊，決定回鄉漁樵以終老。路過濟州，正好探望王維，亦是與他話別。王維在此貶為司倉參軍，他除了默默埋首工作，就閉門謝客。他見到我則是倒屣相迎，要我留宿，並贈我此詩：「門前洛陽客，下馬拂征衣。不枉故人駕，平生多掩扉。行人返深巷，積雪帶餘暉。早歲同袍者，高車何處歸？」我以此詩回答：「四年不相見，相見復何為？握手言未畢，卻令傷別離。升堂還駐馬，酌醴便呼兒。語默自相對，安用旁人知。」當他知道我回鄉歸隱時，他就惋惜地寫下此送別詩：「送君南浦淚如絲，君向東州使我悲。為報故人憔悴盡，如今不似洛陽時。」是的，我們都遠離長安和洛陽此兩處繁華之帝都。

我回到家鄉汝墳，漁樵躬耕以自給，絕意仕途，賦詩自勉：

失路農為業，移家到汝墳。
獨愁常廢卷，多病久離群。
鳥雀垂窗柳，虹霓出澗雲。
山中無外事，樵唱有時聞。

其間盧象曾探望過我，告別時留下此詩：「田家宜伏臘，歲晏子言歸。石路雪初下，荒村雞共飛。東原多煙火，北澗隱寒暉。滿酌野人酒，倦聞隣女機。胡為困樵採，幾日被朝衣？」雖然對他說我是不理世事，樂於漁樵，但他卻直指我何必受困於樵採，委婉地說出我口不對心，衷心地盼望我能有機會着朝衣。我心底下的確是有此冀盼，但有此可能嗎？我遠離長安，僻居荒村，差不多是與世隔絕。我的朋友本來就不多，只有幾個詩友，除了初時盧象探望過我之外，其他詩友也不再來往，即使是好友王維，自從那次別後，也沒有再見面，我已完全被人遺忘了，着朝衣？簡直是妄想！

歲月之流逝，的確是可以令人淡忘一切的，而年紀大了，對人世也不再存厚望。生計之困頓，亦令我不再作詩，因為已全無詩意。連日大雪，雖然被困屋內，但在寂寥和難得之閑暇中也勾起回憶，對雪而想起長安，想起我傳誦一時之終南山詠雪詩，我心底下不期然泛起一絲喜悅，一絲寂寞之喜悅，於是我不覺輕聲地唸出：

終南陰嶺秀，積雪浮雲端。
林表明霽色，城中增暮寒。

雕蟲

尋章摘句老雕蟲，曉月當簾掛玉弓，
不見年年遼海上，文章何處哭秋風。

——李賀

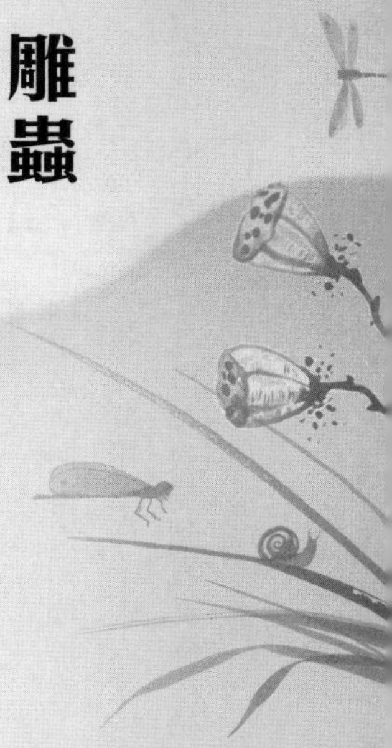

揚雄曾說過：舞文弄墨只不過是雕蟲小技，壯夫不為！我絕對同意。但諷刺的是，即使我心有同感，但依然樂此不疲，雕蟲不已。我也想過：

男兒何不帶吳鉤，收取關山五十州。
請君暫上凌煙閣，若個書生萬戶侯？

可惜我身體羸弱瘦削又多病，長年與藥物為伍，躍馬彎弓，實非我所長。而我的手指纖細幼長有如蜘蛛爪足，軟弱得無法拿刀劍，這不是正常人的手指，所以我常常將指爪隱藏在衣袖之內，不讓人看見。但我醜陋的容貌則無法遮掩，我的眉毛又粗又濃，雜亂如叢草，而且兩眉相連在一起，成為一道龐眉。

體弱多病加上貌寢，令我不大願意與人交往，於是不自覺地隱退下來，貧窮也是原因，所以我的朋友很少。文辭章句就成為我唯一沉迷的天地，雕蟲正是我之本色。我的手拿不起任何粗重的東西，但可以振筆疾書，即使是騎在顛簸驢背上，也揮寫自如，速度之快，與張旭不遑多讓。我就常常跨一頭蹇驢，背一個殘破的古錦囊，一個小奚奴跟隨着我，在山野荒郊漫遊，在密林幽篁中徘徊，尤其是古祠墓地，更是我常流連之處，遇有所得，即書投囊中。晚上回家，就將這些刹那之間，捕捉到的精闢的片言隻語，或石破天驚的斷章零句，湊寫成詩篇。我這樣的作詩習慣，也與一般人先有題目，然後構思大異其趣。

我之苦吟鑄字，獨闢蹊徑，可以說是前無古人，杜甫說：「為人性僻耽佳句，語不驚人死不休。」我豈只要佳句，我更要鑄造從未經人說過的字句和句法。我之苦思冥想，真的耗盡我之心力，難怪老母每次見到我從囊中傾出的字條詩句時，她就說我非要將心嘔出來不可！我也知道如此苦吟，不是養生之道，我只不過二十七歲，已衰老不堪：「日夕著書罷，驚霜落素絲。鏡中聊自笑，詎是南山期？」但我已不能改變，亦不想改變，因為這是我興趣之所在，而除了文字，我已一無所有！我之衰老不單是容顏和身軀，心境也已是日薄崦嵫。

六年前，我在長安任職九品小官奉禮郎時，就已經落寞寡歡，曾寂寞地吟出：

長安有男兒，二十心已朽。
楞枷堆案前，楚辭繫肘後。

當了三年冷官不獲調職，心灰意冷之下離任。又經過數年的坎坷和挫折之後，意興闌珊，生趣索然，有如離水的網中魚，不再掙扎。我已無任何出路，對人世不再有任何之期待，何況我已隱隱感到來日無多，病魔一直纏繞着我，我聽得到死神的足音也愈來愈近了：

南山何其悲，鬼雨灑空草。
長安夜半秋，風前幾人老。

低迷黃昏徑，裊裊青櫟道。
月午樹立影，一山唯白曉。
漆炬迎新人，幽壙螢擾擾。

我並不害怕死亡，我甚至頗為沉迷於這樣的境況：「秋野明，秋風白，塘水漻漻蟲嘖嘖。雲根苔蘚山上石，冷紅泣露嬌啼色。荒畦九月稻叉牙，蟄螢低飛隴徑斜。石脈水流泉滴沙，鬼燈如漆點松花。」我只怕這些嘔心瀝血但過於幽冷的文字，到頭來只是飽了銀魚，而無人過問：

誰看青簡一編書，不遣花蟲粉空蠹？
思牽今夜腸應直，雨冷香魂吊書客。
秋墳鬼唱鮑家詩，恨血千年土中碧。

其實人世間之壽數，最長也不過百年，而百年在歲月的長河中又何足道哉，孔子不就曾臨流慨嘆：「逝者如斯，不捨晝夜！」明乎此，壽數之長短，也無甚大不了，正是：「南風吹山作平地，帝遣天吳移海水。王母桃花千遍紅，彭祖巫咸幾回死。」

有人怕死而妄想求仙，難道他們對秦皇漢武的下場視而不見：「劉徹茂陵多滯骨，嬴政梓棺費鮑魚！」而歲月之無情，即使真的有神仙也不會放過：「幾回天上葬神仙，漏聲相將無斷絕。」

我不怕死，只是不甘心。我彷彿聽得到命運對我的嘲笑聲，我是大唐李家宗室，因為是旁支，數代之後就淪為編民之戶。我父只做過邊疆窮壤的小官，又不幸早死，家道中落。父在世時，雖然官位卑微，但可免租稅。父歿無官，那就真正成為編民之戶，要交租稅了：

> 我在山上舍，一畝蒿磽田。
> 夜雨叫租吏，春聲暗交關。

不過那時我年少氣盛，又自負才能，十六七歲已有詩名，並得到韓愈和皇甫湜的揄揚。事實上當時我寫的樂府詩歌，與李益齊名，每寫成一篇，即為樂工爭相以重金購去，披以聲歌，供奉天子。我滿以為要振興家聲還不容易，只要去應試，進士必然是囊中物！

我十八歲時參與河南府試，在試場上一口氣寫了刻畫十二個月份之樂詞，另加一首閏月，即是共十三首！不單數量多，而且清新脫俗，不同凡響。震驚全場士子，主考讚嘆不已。特別是八月和九月這兩首，最為人愛讀。八月：「孀妾怨長夜，獨客夢歸家。傍檐蟲緝絲，向壁燈垂花。簾外月光吐，簾內樹影斜。悠悠飛露姿，點綴池中荷。」九月：「離宮散螢天似水，竹黃池冷芙蓉死。月綴金鋪光脈脈，涼苑虛庭空澹白。露花飛飛風草草，翠錦爛斑滿層道。雞人罷唱曉瓏璁，鴉啼金井下疏桐。」

我就挾着這一股橫掃全場的聲勢前赴長安，準備應考進士科。正當我躊躇滿志，只待：雄雞一聲天下白！但我的名氣招來了妒忌，有人說我不應參與進士試，因為我父名晉肅，我參試就犯了家諱，大大不孝！這說法不脛而走，眾口喧騰。對我不啻是個晴天霹靂，我能冒這天下之大不韙嗎？即使我不恤眾言，強行應試，主考官敢取錄我嗎？儘管韓愈撰寫雄文，為我作辯：「父名晉肅，子不得舉進士，若父名為仁，子不得為人乎？」但眾口鑠金，我唯有放棄應試，黯然離開長安。

作為士子，應考進士是我唯一的出路，如今此路不通，我還有甚麼前景可言？更迫切的是生計問題，我唯有再去長安，以恩蔭獲授奉禮郎。這是拜我身為宗室冑裔所賜，亦是作為我放棄應進士試的補償。此九品小官是閑職，安排君臣祭禮供品，排位，贊導之差事，受人驅使，而薪俸僅可糊口，空有過人之才華，而鬱鬱不得志。每當風雨交加之夜，我塊然獨居，更為思家：

長安風雨夜，書客夢昌谷。
怡怡中堂笑，小弟栽澗菉。
家門厚重意，望我飽飢腹。
勞勞一寸心，燈花照魚目。

任此雞肋冷官，只會壯志消沉：

落漠誰家子，來感長安秋。
壯年抱羈恨，夢泣生白頭。
瘦馬秣敗草，雨沫飄寒溝。
南宮古簾暗，濕景傳簽籌。
家山遠千里，雲腳天東頭。
憂眠枕劍匣，客帳夢封侯。

三年過去，一無所有，依然故我，調職無望。最痛心的是，其間妻子病故，我遠在長安，無法見她最後一面：「犬書曾去洛，鶴病悔游秦！」我不想再在此無聊又無望的職位磋跎下去：「辭家三載今如此，索米王門一事無，荒溝古水光如刀，庭南拱柳生蠐螬。」於是我辭官歸家。

久別回到昌谷家鄉，真是如魚得水又無限感慨，尤其是見到弟弟長大了不少，歸家次日，為兄即特別贈他一首詩，示弟：

別弟三年後，還家一日餘。
醁醽今夕酒，緗帙去時書。
病骨猶能在，人間底事無？
何須問牛馬，拋擲任梟盧。

昌谷南園的人事和景物，本來就很熟悉，久別重睹又另有感受：「竹裡繰絲挑網車，青蟬獨噪日光斜。桃膠迎夏香琥珀，自課越佣能種瓜。」我又由早到晚到處漫遊：「小樹開朝徑，長茸濕夜烟。柳花驚雪浦，麥雨漲溪田。古刹疏鍾度，遙嵐破月懸。沙頭敲石火，燒竹照漁船。」有時我也會興致勃勃地去採集甜美的蜂蜜：「長巒谷口倚稀家，白晝千峰老翠華。自履藤鞋收石蜜，手牽苔絮長蓴花。」垂釣自然是賞心樂事：「春水初生乳燕飛，黃蜂小尾撲花歸。窗含遠色通書幌，魚擁香鉤近石磯。」

是的，我亦打算就此終老：「舍南有竹堪書字，老去溪頭作釣翁。」無奈生計日拙，何況我只不過二十多歲，上有老母，下有小弟，長姊已嫁，持家就落在我身上。應進士之路已然堵塞，為文無成，為武又力有不逮，在前路茫茫之下，夢想為帝王師，張良不也是手無搏雞之力，因曾為老人納履，獲贈太公陰符之謀略及用兵之書，佐漢高祖取得天下而封侯。我盼望也能有此奇遇：

三十未有二十餘，白日長飢小甲蔬。
橋頭長老相哀念，因遺戎韜一卷書。

夢想終歸是夢想，現實是我北上潞州，投靠張徹。張是韓愈之門人及侄婿，他在潞州幕府任職。酒席後他向我索詩，這正是投我之所好，於是我對其為人頌揚一番之後，就忍不住大發牢騷：

隴西長吉摧頹客，酒闌感覺中區窄。

葛衣斷碎趙城秋，吟詩一夜東方白。

寄人籬下，光陰荏苒，不覺又過了三年，我並無得到一官半職，唯一收穫是寫了不少北地風光的詩，其中〈雁門太守行〉更是膾炙人口：

黑雲壓城城欲摧，甲光向日金鱗開。
角聲滿天秋色裡，塞上燕脂凝夜紫。
半捲紅旗臨易水，霜重鼓寒聲不起。
報君黃金台上意，提攜玉龍為君死。

我之精雕細琢，別出機杼的詩作，雖然甚得人讚賞，但無補於實況。心情苦悶和抑鬱，加深了我的病情。面對這滔滔之黃河，令我百感交集，這裡曾發生過一宗悲慘之事：有披髮白首狂夫，提壺強渡，其妻止之不及，遂沒於亂流，其妻援箜篌而歌曰：「公無渡河，公竟渡河。墮河而死，將奈公何！」聲甚淒愴，曲終亦投河而死。我貧病交迫，再無任何前路，雖然絕望，但我不會自尋短見。故寫下此詩以明志：

公乎公乎，提壺將焉如？
屈原沉湘不足慕，徐衍入海誠為愚。
公乎公乎，床有菅席盤有魚，
北里有賢兄，東鄰有小姑；
隴畝油油黍與葫，瓦甑濁醪蟻浮浮。
黍可食，醪可飲，公乎公乎其奈居，
披髮奔流竟何如？賢兄小姑哭嗚嗚。

我的病情日漸沉重，眼見再逗留下去，亦不會有前景：「自言漢劍當飛去，何事還車載病身？」於是我離開潞州，歸家養病。此是我第二次外遊求官失意而歸家，我雖然只是二十七歲，但已意志消沉，縱有過人才華，不但無人援手，反而處處受到遏制，志不得伸。才高如李白也曾慨嘆：「大道如青天，我獨不得出！」但李白曾入翰林，有過得意之日子，而我就一直沉淪，出頭無望。

家境窘迫，年紀細小的弟弟也要離鄉背井，前往廬山尋覓生計：「欲將千里別，持此易斗粟。」為兄的確感到慚愧。無錢餞行，唯有以詩相送：

洛郊無俎豆，弊廄慚老馬。
小雁過爐峰，影落楚水下。
長船倚雲泊，石鏡秋涼夜。
豈解有鄉情？弄月聊嗚啞。

想到小弟之遠行，有如離群小雁孤獨的身影，我就感到無比之悲涼，而我更有不祥之預感，我支離的病軀，難以支撐下去，恐怕見不到弟弟歸家之日。我之孤獨，沒有人親近，病魔和死神的進迫，令我想起也是年輕病故之蘇小小，起了同病相憐，和有一種朦朧的親切感，於是我寫下此追念又滿是期待之詩：「幽蘭露，如啼眼。無物結同心，煙花不堪剪。草如茵，松如蓋；風為裳，水為珮，油壁車，夕相待。冷翠燭，勞光彩。西陵下，風吹雨。」此刻，夜寒令燈光更為暗淡，斗室之內，突然起了一陣陰風，我不禁打了一個冷戰，是的，我聞到死亡之氣味，而且愈來愈強烈，是十分實在之氣味！但我一點也不害怕，相反，我倒是有些歡欣呢！彷彿這是期待已久之事。「少爺，藥煎好了。」巴童端來一碗熱氣騰騰的藥時說。我這才如夢初醒。他每晚為我熬藥，陪伴我至深夜，我真的是無言的感激。於是我放下書，提筆寫了一首詩給他：

蟲响燈光薄，宵寒藥氣濃。
君憐垂翅客，辛苦尚相從。

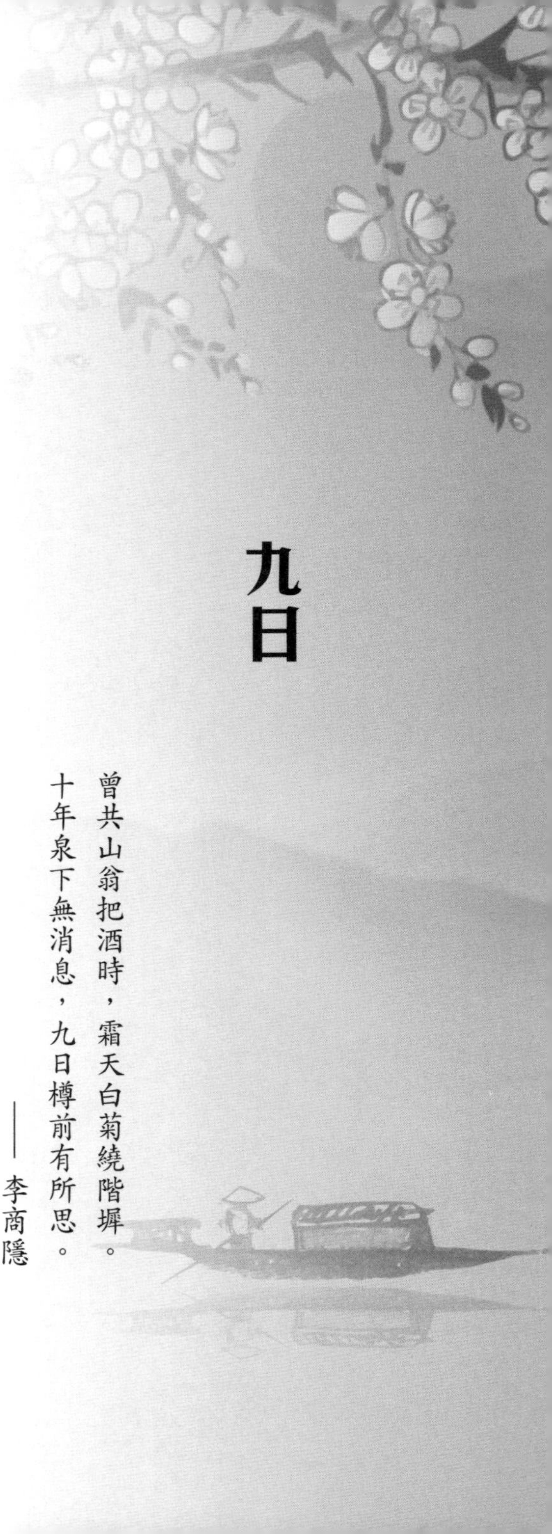

九日

曾共山翁把酒時，霜天白菊繞階墀。
十年泉下無消息，九日樽前有所思。

——李商隱

一

好不容易才等到九月九日重陽節這個日子，我終於找到一個藉口，前往令狐綯之府上，去拜祭他的先父令狐楚，也是我的恩師兼恩人。事實上令狐父子對我之深恩，我是百生難報的。但如今我到處飄泊，沉淪幕府，不得超生，亦是由於其子令狐綯從中作梗之故！在這之前，我曾隨鄭亞到桂州幕府掌書記，我知道這一次又會令他震怒，但我為了生計，別無他法。吾豈瓠瓜也哉，焉能繫而不食！之前我娶王茂元之女兒，已令他十分不滿，加上這次我入鄭亞之幕，他之震怒我真不敢想像。

即使鄭亞已遠在桂州，但牛黨人仍不放過他，又將鄭亞貶得更遠：循州！不久就死於貶所。於是，我連這個依靠也失去，只好回到長安閑居。當今令狐綯位高權重，只要他肯稍為回顧我一下，念舊一下，我之困境即時舒緩，甚至平步青雲。但我不敢去見他，因為當我成為王茂元之女婿時，他已在背後斥責我：背家恩，偷利放合！而除了他，還有誰人可以給我援手呢？至少他在表面上並無與我決絕，只是暗中疏遠我而已。我等待一個恰當的時機，直到重陽節這一個日子，於是我攜帶一束白菊到他府上，這是令狐楚在世時最喜愛之白菊花。

令狐綯之大宅現時在長安之進昌里，這是簪纓世家，權臣大族聚居之地。這是他第三次遷居，亦即是他第三度晉陞。此大宅比前兩宅更為巍峨崢嶸，畫棟雕樑，高閣重檐，金碧輝煌。大門外兩旁有拒馬之鹿角，石獸威嚴地守護着玉階。我大為躊躇，他會接見我嗎？門人會奚落我嗎？最後我硬着頭皮交上名刺和道明來意。又是長久得令人焦慮之等待，最後我被引進大廳，僕役說主人現正有客，要我在此等候，然後就留下我獨自一人，偌大的客廳，更顯得我孤單無助又卑微。但見一切都很清淨雪白，原來令狐楚之靈位就安置在這裡，靈位之上有他寫真遺像，栩栩如生。只見到處堆滿了白菊花，如同晶瑩之白雪，耀目生輝，又透出陣陣幽香。莊嚴又肅穆。令狐楚在世時，只喜愛兩種花：牡丹和白菊，特別係白菊，遍植於庭院。也曾邀大詩人劉禹錫來賞白菊，詩人因而作〈和令狐相公玩白菊詩〉，留下此名句：

家家菊盡黃，梁國獨如霜。瑩靜真琪樹，分明對玉堂。
仙人披雪氅，素女不紅妝。粉蝶來難見，蘇衣拂更香。
向風搖羽扇，含露滴瓊漿。高艷遮銀井，繁枝覆象床。
桂叢慚迸發，梅援妒先芳。一入瑤華詠，從茲播樂章。

當時我亦叨陪末座，那時我大概是十七歲，所謂「將軍樽旁，一人白衣」正是我也。見到他們對白菊賦詩，我亦技癢，但無命令，我是不敢獻醜。如今十多年來，令狐綯沒有忘記乃父之愛好，在此重陽日大事布置白菊來悼念。他之念舊，對我而言，應該是大大之好事。

我恭恭敬敬地在令狐楚之靈位上了一炷清香，然後俯伏在地上跪拜了幾下。前塵往事都隨我的淚水而湧現，一切都模糊了，那是目前；但遙遠的過去卻又極其清晰地浮現，淚水是如此神奇的嗎？我的悲痛固然是哀悼令狐相公恩師兼恩人，亦是自傷和自憐。屈指算來，恩公已離世十多年了，如果他仍然在世，或多活幾年，我之際遇必定迥然不同！我清楚地記得，那是二十年前，有幸得到他之賞識和提攜，那時我只是十七八歲，於是我困苦無望的生涯開始有了轉機。

因為在我十歲時，先父病故，無人可依靠，生活極其艱難，我只能替人抄書舂米來過活。但上有老母，下有弟妹，我這份微薄的收入，根本就難言溫飽。在如此惡劣境況下，我依然自強不息，好學不倦。我日以繼夜地為人抄書時，同時亦可以趁機刻苦學習，我對典故之熟悉和運用自如，實乃得力於此。但我過度辛勞飢寒和損耗目力，令我患上瘵疾，從此多病體弱和視野不清。

而我最為感激的是我之從叔李處士，沒有他之教導，一切也無從說起，他是我的啟蒙師。他知我窮困，無力就學，於是將他之學問文章，向我傾囊相授，分毫不取。他對時下之詩文不屑一顧，致力於經典古文。我之能文，實拜他所賜，他可以說是我之第一位恩人。他雖有高才實學，卻不願出仕，父亡後，在墓旁結廬而居，直至因病而去世。他之道德文章，一直是我心目中之典範，他之操守，更是我畢生之模楷。

我在十六歲時寫出〈聖論〉和〈才論〉這兩篇古文，在公卿大臣之間一時傳誦。由此而得到令狐楚之讚賞，認為我是可造之材，亦憐憫我之窮困而加以援手，於是我不必再過着傭書販舂之艱辛的生涯，可以全力向學。更令我感動的是，他對我視若己出，歲給資裝，令我和他之三位公子同往長安遊學，他們亦將我當作親弟弟般看待。

一個本來連衣食也不繼之窮小子，竟然可以出入王公大臣之大宅豪門，與貴胄公子同遊，而長安之繁華，亦令我眼界大開，於此我才領悟所謂遊學之妙，前途更是一片光明。令狐楚對我之大德深恩，如同再造。

我記得有一次在賓客大集的宴會上，眾人飽醉之餘，他叫歌姬出來歌舞助興，她之聲色藝，令人目眩神迷。當她歌舞既畢，眾人讚不絕口時，他要我即席賦詩。這個命令是有深意，除了考量我之外，最主要是借此機會，讓眾人認識我之才華。於是我欣然應命，略一思索，就揮筆寫下：〈天平公座中呈令狐令公〉：

罷執霓旌上醮壇，慢粧嬌樹水晶盤。更深欲訴蛾眉斂，衣薄臨醒玉艷寒。
白足禪僧思敗道，青袍御史擬休官。雖然同是將軍客，不敢公然仔細看。

我在詩中取笑了座中之蔡京一下，因為他童年時曾是小沙彌，令狐楚見他眉清目秀，舉止有度，於是勸其師讓他還俗，資助他就學，果然學有所成，其後更進士及第。由此可見，令狐楚的確是眼光獨到，又樂於助人。這詩我讚美了歌姬，艷麗之餘又很有分寸，一個十八歲之少年，即席有此佳作，我可以說是不辱使命，令狐楚大樂，此詩連同我的名字，迅即傳遍京師。

此事之後，令狐楚這才對我說：你的古文雖然高雅典麗，但不合時宜，因為流行的是駢文，尤其是朝廷章奏，必定是四六之駢文，若然要進身仕途和在朝廷立足，就不能孤芳自賞，他願意將章奏駢文傳授給我。我自然樂於受教，更是求之不得，因為令狐楚之駢文章奏是天下聞名，亦為天子所愛讀，他能晉身相位，也與此有關，想不到他竟然肯主動傳授給我，他對我之愛護，和循循善誘，更甚於對其親子！

我之古文得力於從叔李處士，為文已根基深厚，而我又熟諳典故，事實上我特地編寫好幾本典故類書，方便自己作文賦詩時參考。於是有人譏諷我賦詩時，滿床攤開類書，有如獺祭魚。其實我是下筆嚴謹，引用經文典故，絕不能有錯誤。有此名師指導，我之駢文很快得心應手，盡得令狐楚之真傳，他甚為高興，將我引入他之幕中，作為巡官，主要是書記，一切文書，皆由我執筆。而我之駢文也開始為人稱道。對令狐楚之栽培，我是十分之感激，為此，我特地寫了一首詩向他致謝，就題為〈謝書〉：

微意何曾有一毫？空携筆硯奉龍韜。
自蒙半夜傳衣後，不羡王祥得佩刀。

我若然要踏上仕途，就必須考取進士。於是暫別令狐楚，全力應付舉試。無奈我不為主考官賈餗和崔鄲所喜，四次皆落第。直至第五次，主考官是高鍇，他與令狐綯友善，由令狐綯再三推薦，我這才能登進士榜，這一年我已是二十五歲。令狐父子對我之深恩，我是沒齒難忘的。也是在這一年年底，令狐楚病重去世。享年七十二。他死前仍看重我之文筆，上奏朝廷之遺表，指定由我代筆，以及由我撰寫其墓誌。墓誌寫畢，我作詩沉痛哀悼，題為〈撰彭陽公誌文畢有感〉：

延陵留表墓，峴首送沉碑。敢伐不加點，猶當無愧辭。
百生終莫報，九死諒難追。待得生金後，川原亦幾移。

我自從早年喪偶後，一直未能再娶。在晉身進士之後，應博學宏詞科，雖中選，但為中書所駁下，唯有應王茂元之聘，入其幕掌章奏，並得到他的賞識，將幼女許配給我。得此良緣，是我一生最快樂之時光，但想不到我因此捲入黨爭。令狐綯認為我是背叛了他，從此生了嫌隙。我深知：「錦緞知無報，青萍肯見疑？人生有通塞，公等繫安危！」而令我更戰慄的是：「土宜悲坎井，天怒識雷霆。」從此我到處飄泊，正是：「萬里懸離抱，危於訟閣鈴。」當他之權位愈來愈高時，我受到之擠壓亦愈來愈大，我在朝廷無立足之地。

以我之文采本應是有機會在朝廷任職，事實上我曾兩次入秘書省，但都不能久留。本以為：「我是夢中傳彩筆，欲書花葉寄朝雲。」但已成泡影，為了生計，十多年來，我只能到處依人作幕客。更不幸的是，曾是我之恩公或幕主如崔戎，蕭澣，盧弘正，鄭亞，皆逐一離世，岳父王茂元也早在我成婚後兩年就病逝。如今鄭亞被貶謫至循州而死，我唯一的依靠也失去，在走投無路之下，我唯有厚顏來叩令狐綯之門。我曾擔心會被拒之門外，而他還算念舊，讓我進入此大廳拜祭其先父。

但我已苦候多時，仍不見有人來傳召，僕役已忘記我在這裡嗎？我孤伶伶地一個人在大廳中徬徨徘徊，仰望着令狐楚之靈位及其畫像，不知如何是好，又是百感交集。眼見夕陽已西下，晚秋的天色愈發陰暗，冷風起了。若不是這裡放滿了白菊花，必定會更加幽暗。但如今之白菊，不是雪白，而是慘白，極其淒涼之慘白！

終於有人出現了，帶來的說話是：「主人有事無暇見客，」又說：「如果客人無處吃飯的話，可以為客人安排酒菜膳食。」

這差不多是下逐客令。要我等了差不多一整天，才說無暇見客，而最令我難受的是：無處吃飯這句話，這比嗟來之食更為不堪。

我說：「既然令狐相國無暇，那我只好告辭，不敢再打擾了。」

在離去前，我在屏風上題了一首詩。

二

這是東閣之最高層，可以俯瞰整個大宅和園林。但見處處假山奇石，花樹葱鬱。曲池迴廊，橋亭起伏，庭院相連。台榭對峙，樓館交接，錯落有緻。而屋瓦欲流，掩映藏在秋色的樹柯枝葉之間，令人有魚龍變幻之感。令狐三兄弟在此相聚，居高臨下，遊目四顧，飲菊花酒，吃菊花糕，觀賞閣中四周各色各樣的菊花，各人頭上皆插上茱萸，不像王維那樣慨嘆：獨在異鄉為異客，也不是：遍插茱萸少一人。三人相對大樂。登上此高閣，也算是應節登高了。

這是一次很難得之見面，因為三兄弟各有官職，平時甚少相聚。尤其是大哥令狐緒，遠在隨州，壽州及汝州為三州刺史，兼且他自少有風痺，行動不便。三弟令狐綸是左武衛兵參軍。這次在重陽節聚會，除了拜祭先父令狐楚之外，亦是慶賀二弟令狐綯不久前官拜宰相也。

三兄弟話舊時，皆慨嘆時光飛逝，亡父去世已不經不覺十二年了，三人亦垂垂老去，不勝感慨。可幸仕途皆通達，尤其是二弟，更是手握大權，秉持國鈞。這時有僕役上高閣來通報，說有客人李商隱來求見和要拜祭先恩公。大哥和三弟皆甚為雀躍，他們已久違這位才子，也很想見他，想不到今天四人不約而同地聚會，真是千載難逢，有如王勃所言：「四美俱，二難併。」在這裡所謂四美者，四人也，二難者，又適逢重九佳節也。正要立即請他上來相見敘舊，但為二弟阻止，說：「就讓他先拜祭先父再說吧。」

但過了許久，令狐綯也無意接見這位才子，於是大哥說：「他雖然忘恩，但亦無大過，在黨爭中，他並無興風作浪，看在先父份上，捐棄前嫌吧。」

二弟輕蔑地說：「他只是個微不足道之小人，有何興風作浪之能耐？」跟着又說：「如果李德裕或其同黨仍然掌朝政，我有今日嗎？」

三弟接口說：「李德裕已貶死在崖州，其同黨亦大都亡歿殆盡，在世的也皆失勢，遠離朝廷。主上對你日益倚重，再無人能動搖二哥之相位。商隱的確有過人才華，二哥既是宰相，為朝廷進賢任能乃是天職。」

令狐綯默然不語。

大哥見他沉吟不答，於是說：「我們是一家人，知無不言，言無不盡，恕我直言。商隱之文筆盡得先父之真傳，甚至青出於藍，所以許多節度使及府主，皆爭相聘其入幕，以掌書記。而你也是以文學得主上恩寵，若然商隱能在朝廷任職，他之文采會否蓋過了你呢？」大哥這樣說得相當露骨。

令狐綯聽了只是淡淡一笑，並不如何惱怒，輕描淡寫地說：「此人才華橫溢，早已得先父賞識，故肯授之以章奏之術。我自問才不及他，但他是個書獃子，完全不諳世事，諸如他對劉蕡之公然頌揚，並與之為友，這豈不是自絕於朝廷？而更不堪的是，他見利忘義，鼠目寸光。他四次應舉皆落第，直到第五次，由我大力推薦，他這才能進士及第。他早年喪偶，先父和我本來有意將我們之妹妹許配給他，只在他進士及第時，就會向他提出此婚事。但當他進士及第後，就得意忘形，急不及待地娶了王茂元之女。他此舉是投向了敵營，背棄我們之家恩。他之無行，早已為人齒冷，我不與他公然決絕，已是念及先父之舊情，但要我再提攜他，恕難做到。」

令狐綯說及李商隱之舊事，仍然意氣難平。大哥和三弟也覺得此人行事乖張，不近人情。令狐綯又繼續說下去：「我的確是以文學受知於主上，但我能晉陞至高位，則是另有原因。」

於是他將原委說出來：

「有一日，主上在殿上問宰臣白敏中曰：『憲宗（主上之先帝）遷坐景陵，龍輴行次，忽值風雨，六宮，百官盡避去，唯有一山陵使，鬍而長，攀靈駕不動。其人姓氏為誰？為我言之。』敏中奏景陵山陵使令狐楚。主上曰：『有兒否？』敏中奏：『長子令狐緒，現任隨州刺史。』主上曰：『可任宰相否？』敏中曰：『令狐緒小患風痹，不任大用；次子令狐綯，現任湖州刺史，有台輔之器。』主上曰：『追來。』翌日，即授我考功郎中，知制誥。抵京師，就召充翰林學士，一年左右，我就成為宰相。」

令狐綯自道其遷陞內情，他們這才恍然。大哥更是別有一番滋味在心頭，原來自己若非有風痹，則宰相之位非己莫屬。其實自己三州刺史之位，亦是拜父蔭所賜。

還是三弟口快心直，說：「我們三兄弟能有今日，都是得自先父之福蔭。」

令狐綯點點頭，說：「的確是如此。每念及先父對商隱之厚愛，與及我們少年遊學之時光，當時我們四人情同手足。如今我位極人臣，盡享榮華富貴，他則沉淪幕府，飄泊不定。他曾不斷寄詩給我，向我示意，尤其是有兩首，頗能打動我心，其〈寄令狐郎中〉：

嵩雲秦樹久離居，雙鯉迢迢一紙書。
休問梁園舊賓客，茂陵秋雨病相如。

另一首詩〈夢令狐學士〉是說他夜宿荒涼的山驛夢見我：

山驛荒涼白竹扉，殘燈向曉夢清暉。
右銀台路雪三尺，鳳詔裁成當值歸。

他在山野間奔波，荒驛夜宿，夢見我得近主上，奉旨書詔，雲泥之別，盡在不言中。我讀後，於心不忍，也曾想召他回京，但經再三考慮之後，最終還是作罷。」

大哥和三弟差不多同時追問：「為甚麼呢？」

令狐綯嘆了口氣，說：「商隱之背恩，我可以不予計較，但他是個不祥人，凡是親近過他的人，都會有禍，甚至死亡！你們還記得嗎？先父本來已是內相，但當遇見他並向他援手後，就出為鄆州節度使。而最令我們痛心的是，先父年紀雖然老邁，但一向壯健，精神矍爍，而突然無故患病，又不肯服藥治療，認為生死有命，無須服藥，結果因病去世。先父本是個很精明之人，為何變得如此不可理解？很可能就是親近了此人之故。」

令狐綯如今說來，他們也覺得此事的確有些離奇。

令狐綯又繼續說出更奇怪之事。商隱三歲時大姊病死，十歲時其父也病死，十六歲時仲姊病死，教導過他的從叔李處士病死，他之配偶也早亡。他甚為愛惜之小姪女寄寄，四歲時就夭折，他特別撰寫祭文來哀悼這小女孩。其後凡對他有施過恩惠的人，都會遭遇到不幸，諸如鄭州刺史蕭澣病死，兗州觀察使崔戎病死，王茂元嫁女給他，不及二年病死於軍中，他二十九歲時，其母病死，他的好友劉蕡死於貶所，盧弘正病死，鄭亞病死於貶所……。

這一連串之死亡事故，他們聽了也毛骨悚然。三弟說：「他真的是個不祥之人，還是不招惹為妙，幸好妹妹沒有嫁給他。」

令狐綯說：「正是這個原因，我才避之則吉。聽聞他的妻子正患重病。雖然不祥人這說法，可能有點迷信，但他患有瘵疾，則的確不宜親近。」

這時僮僕上東閣來通報，說客人走了，沒有任何說話，只在屏風上題了一首詩。

他們都大感好奇，這個才子之詩向為人所愛讀，於是三人齊下東閣，前往客廳。李商隱不特詩名佳，書法更是絕妙，這是他少時為人抄書維生所練成的。事實上，以前他們之父死後不久，令狐綯就請商隱將先父一些詩作，由他抄寫下來，刻在石上。為此他曾有詩記此事，其中有句云：「書被催成墨未濃。」

兄弟三人來到客廳，只見屏風上之題詩名為〈九日〉：

曾共山翁把酒時，霜天白菊繞階墀。十年泉下無消息，九日樽前有所思。
不學漢臣栽苜蓿，空教楚客詠江蘺。郎君官貴施行馬，東閣無因得再窺。

他們讀畢題詩，均為之惻然，又望望先父畫得栩栩如生之遺像，先父不怒而威之眼神，似乎是怪責他們冷待李商隱，有違其在世時對詩人愛護和提攜之意願。於是大哥說：「鄭亞已死，商隱失去依靠，他已走投無路，你又說他妻子病重，他之景況的確堪憐，你就給他一官半職，好讓他糊口吧。只要我們不與他見面，就萬事大吉。」

令狐綯緩緩地點頭，表示同意。

三

就在李商隱拜祭過令狐楚之第二日，令狐綯派人通知他，給他一個補太學博士之職位。這雖然是個無實權之閑職，但總算生計有了着落。令李商隱感到不是味道的是，來人一再叮囑他，說相國身為宰臣，不便接見賓客，事避嫌疑，所以他不必前去道謝。

不過李商隱等不及這個職位，柳仲郢出為東川節度使，聘他為判官，主要是掌書記。為濟燃眉之急，他唯有隨柳仲郢前往東川。幕客這個宿命，始終打不破。而更不妙的是，柳仲郢是李德裕之黨人，他這一次又無可避免地觸怒了令狐綯！

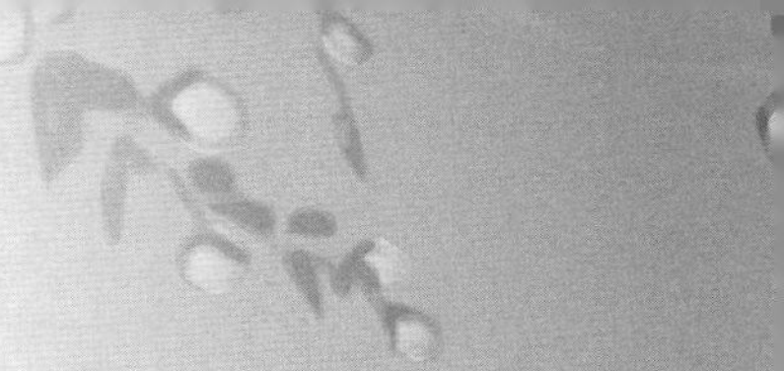

山中道士

今朝郡齋冷，忽念山中客。澗底束荊薪，歸來煮白石。
欲持一瓢酒，遠慰風雨夕，落葉滿空山，何處尋行迹。

——韋應物

昨夜已是滿枕秋聲了：

山月皎如燭，風霜時動竹。夜半鳥驚棲，窗間人獨宿。

擁衾而臥，朦朧中也有點寒意。時維九月，序屬三秋。天氣也該涼冷了。一覺醒來，果然庭樹全都光禿禿，落葉滿院滿階。似是一夜之間，就換了天地。在寂寞涼冷的郡齋中，我忽然想起在山中的你，此刻你一定也感到涼冷了吧，你的衣服一向很簡單而單薄，不論冷暖，都是一襲灰青的道袍，秋風下會揚起怎樣的冷意呢？我可以想像得到：「涼風入短袖，兩手如懷冰！」

時光也過得真快，上次見你好像就在昨日：「去年花裡逢君別，今日花開已一年。世事茫茫難自料，春愁黯黯獨成眠。」可惜當時我們沒有聯榻夜話，而轉瞬間，經春又至深秋，想不到原來已過了一年多！涼意加深了寂寞，山中當然比這郡齋更為涼冷了，此刻你會否也感到孤獨和寂寞呢？不，你是絕不會感到孤寂的，正好相反，你是以孤寂為樂，否則也不會在山中獨居了。

你住在山上簡陋的茅屋，許多時你更會索性入居山洞之中，為的是聆聽石壁間之流泉，和親近澄明之月色：

白雲埋大壑，陰崖滴夜泉。應居西石室，月照山蒼然。

這又是一種怎樣清冷孤絕的境況呢？當然，你這樣做還有深沉之原因：你不想受到他人之打擾。因為好奇和求友是人之天性：「嚶其鳴矣，求其友聲。」即使是高傲不群，憤世嫉俗之阮籍，不也是到深山找尋隱者孫登嗎？以後有更多的是：「松下問童子，言師採藥去。只在此山中，雲深不知處。」而尋隱者不遇的人還是不少呢：「絕頂一茅茨，直上三十里。叩關無僮僕，窺室唯案几。若非巾柴車，應是釣秋水。差池不相見，黽俛空仰止。」你不僅是個精誠之道士，更是一個真正的遁世隱者：「孤雲將野鶴，豈向人間住！」

我說你是個真正的山中隱者，絕不是以走終南山為捷徑之徒，因為你也曾任職偏僻小山城之縣尉。你肯屈就，並非貪圖那微不足道之俸錢，而是看中此小縣山城民風淳樸，庭無訟爭，你樂得清靜無為，焚香讀經：

嵐光深院裡，傍砌水泠泠。野燕巢官舍，溪雲入古廳。
日斜孤吏過，簾捲亂峰青。五色神仙尉，焚香讀道經。

傳說書籍中之銀魚，若蛀食到神仙這兩個字，牠就會通身色彩燦爛，光輝奪目。你那麼勤讀道經，無為而治，自然是神仙尉了。

後來你獲得遷陞，調到大城鎮去。官階大了，俸錢多了，權力大了，奉承受令的之下屬也多了。對許多出仕謀進取的人來說，是夢寐以求之事，但你反而鬱鬱不樂。你不是個喜歡熱鬧和弄權的人，人事煩囂更令你苦惱不堪，無復以前之：「虛館絕諍訟，空庭來鳥雀。」再不能鳴琴不下堂而治了，於是你掛冠而去，最後更做了道士，獨自在山上結茅屋而居。從此你與我各自走上了不同之道路：

> 踏閣攀林恨不同，楚雲滄海思無窮。
> 數家砧杵秋山下，一郡荊榛寒雨中。

我自問也是個鮮食寡慾之人，品性高潔，平日公務之餘，只是掃地焚香靜坐而已。我也曾想到：「終罷斯結廬，慕陶真可庶。」但要如你那樣完全遺落世事，我又做不到。我明白你做道士，並非要長生或妄想成仙，而是謝絕世事而已。試想你置身於懸崖絕壁幾千丈，下臨無地，夜燃一燈獨宿，是如何孤高決絕！又是怎樣的心境呢？這是我無法企及和想像得到的。

漢代有名叫向子平之人，當他的子女婚嫁之事既畢，就敕斷家事勿相關：「當如我死也！」於是遂肆意於同好北海禽慶，俱遊五嶽名山，竟不知所終。

又有名叫梅福之人，為南昌尉，一朝突然棄妻子，不辭而別，又是不知所終。他們畢竟都有過家室，和有過天倫之樂，有過功名利祿，但到頭來還是以孤獨為最終之歸宿，這又是所為何事呢？這是天機不可洩？或是不可說？又或是無法可說？

難道每一個人內心之深處，都是一座座孤高隔絕的山峰，或是孤懸海外之島嶼，注定是老死不相往來。所以我們都害怕孤獨和寂寞，以各式各樣的方法去逃避：以立功？立名？立德？而更為低俗之床第之歡，天倫之樂，飲酒之快，口腹之慾，或所謂詩文之不朽，在這個孤獨巨靈之前，通通都顯得何奇渺小和不足道，真的是不堪一擊！所謂嗜慾深之人，天機淺；嗜慾淺之人，天機深。你無嗜無慾，天機深不可測。所以你早已領悟到孤獨和寂寞是無法逃避的，人一出生就早已注定是孤獨以終老，唯有坦然面對，無謂作任何蠢事去對抗或掙扎，於是你就能夠超然地居高臨下，俯視寂寂的群山，和山下營營役役，擾攘而無聊之眾生，他們終生苦惱和忙碌，至死而不悟，這和蟻蠅蟲豸又有何分別呢？

和其他人相比，我可以說是淡泊名利，我甚至連起碼之居所，也沒有去經營，為官清廉亦是原因。每次就任時就住在廨館：

家貧無僮僕，吏卒升寢齋。
衣服藏內篋，藥草曝前階。
誰復知次第，濩落且安排。

而每次罷官後，都是寄居僧寺，所以往往是：「諸僧近住不相識，坐聽微鐘記往年。」

至於在長安之祖屋，經多次戰亂，早已殘破不能居住，正是：「家貧無舊業，薄宦各飄颻。」

我至今作了五百多首詩，沒有一篇是干謁的，更不要說刻意去逢迎權貴。這大概足以解說為何我每次無論做任何官職，大都不能長久。當然本身體弱多病，不勝長期任職視事操勞，也是原因：「身多疾病思田里，邑有流亡愧俸錢。」

但和你相比，我的確是嗜慾甚深！尤其是我中年喪妻，傷痛迄未能平息，至今每一念及亡妻，就總是慽慽然難以忘懷。我能忘記她嗎？我和她相濡以沫近二十年，她病逝時年僅三十六歲，留下一男二女。小女兒只有五歲，兒子還在襁褓之中。人生悲痛之事，莫過於此。

我抱子主喪，為亡妻操辦後事，並忍痛親自撰寫墓誌銘：

> ……方將攜手以偕老，不知中路之云訣。相視之際，奄無一言……遺稚繞席，顧不得留。況長未適人，幼方索乳……每望昏入門，寒席無主，手澤衣膩，尚識平生。香奩粉囊，猶置故處。器用百物，不忍復視。又況生處貧約，殁無第宅，

永以為負……

許多喪偶的人都有作悼亡詩，大都不過一兩首而已，而我則作了二十多首。若是你得知，必定認為我是不可救藥，但這亦是我之本性，我能夠忘情嗎？詩為心聲，其實我全部傷逝之詩作，仍不足以傾吐我對亡妻之思念，尤其是我每次歸家之時：

昔出喜還家，今還獨傷意。入室掩無光，銜哀寫虛位。
悽悽動幽幔，寂寂驚寒吹。幼女復何知，時來庭下戲。

有時我竟然以為她依然在室內呢：「永日獨無言，忽驚振衣起，方如在幃室，復悟永終已。」而當我患病時，就加倍思念：

香爐宿火滅，蘭燈宵影微。
秋齋獨臥病，誰與覆寒衣？

有時我也會撫心自問：難道我就這樣憂傷以終老嗎？於是你那飄然獨來獨往，

無所羈絆罣礙的身影，就浮現在我眼前，若是我能學到你那一點點方外之情，也就不再如此苦痛了。但你內心之深度及高處，是我無法量度或企及的。其實喪妻之痛，是新傷，而回顧我之一生，舊痛還多着呢。那得由我少年時說起。

那時我是十五歲，正是黃金歲月，也是大唐鼎盛的日子。天寶八年，我以門蔭補右千牛，執戟以衛皇上。

所有能任此職的人，都是官宦之子孫，他們皆是年少美風姿，氣宇不凡之輩。有多少人能夠如此地親近皇上，扈從遊宴，蹴鞠及狩獵呢！更不要說能在驪山溫泉中沐浴了。

驪山風雪交加，奇寒刺骨。但宮殿內溫暖如春，因為帷幕厚重，完全隔絕風寒，每個角隅都有巨大之銅盆，燃燒着獸形烘烘火炭，華燈巨燭亦點亮起無限的光明和暖意，加上溫泉氛氳瀰漫，何其滋潤愜意。

在此夜夜歡宴來度過寒冬。飽食酒醉之後沐浴溫泉，懶洋洋泡在暖水中，半睡半醒之下聽着霓裳羽衣曲，此曲是明皇夢遊月宮後得意之作，真的是：「此曲只應天上有，人間那得幾回聞。」

又真的以為是置身於天上之白玉宮。人生到此，更有何求！杜甫也有如此描寫驪山湯泉之夜宴：

中堂舞神仙，煙霧蒙玉質。
煖客貂鼠裘，悲管逐清瑟。
勸客駝蹄羹，霜橙壓香橘……

其羨慕之情，溢於言表。其實這只是他想像之情而已，若是他能親臨其境，宮室之瑰麗堂皇，酒肴之精美，歌舞之妙曼，夢幻般的仙境，他這才震撼呢！即使他有詩聖之才，也未必能如實道來。

明皇是很慷慨的，每次從遊之後，必定還有豐厚之賞賜。皇上對我尤其眷顧，大概我是姓韋之故吧。於是我更恃恩橫行不法：

少事武皇帝，無賴恃私恩。身作里中橫，家藏亡命兒。
朝持摴蒲局，暮竊東鄰姬。司隸不敢捕，立在白玉墀。
驪山風雪夜，長楊羽獵時。一字都不識，飲酒肆頑痴……

所過的日子是如此美好風光，無憂無慮。我以為會永遠持續下去。想不到漁陽戰鼓聲起，安祿山叛逆，兵鋒直抵京城長安。於是一切都煙消雲散。昔日之榮華有如一夢。當武皇升仙去，我更是憔悴被人欺。由雲端跌到泥淖中去，在苦痛無助中，嘗盡了世態炎涼，人情冷暖。於是我開始折節讀書，以謀出路。

生活之困頓還是其次，因為苦讀而引至內心之醒覺，反招來更大之負荷和苦惱：原來我之列祖列宗，歷代都是很顯赫的。由北周至隋朝，由太宗至武后朝，都是身居高位，及至我祖輩及父輩，官職方才低落式微，而我更是個無賴紈絝子，愧對祖宗。

以前長安民間不是這樣口語相傳嗎：「城南韋杜，去天尺五！」而韋氏更是排在杜姓之前呢！由此可見我韋氏家族往日之權勢薰天了。從此我自覺到要恢復家聲為己任。其實當時之生計已很苦了，為何還要為自己加上此無形的重擔呢？回憶往日之歡樂，咀嚼現今之苦楚，又妄想重振家聲，如此自苦煎熬，現今想起來不啻是另一種頑痴而已。

我之苦讀畢竟是有收穫，二十三歲時做了高陵尉。官職雖低微，終究是個開始。但我耿直之性格，很快就發覺，此類地方官吏與我本性格格不入。因為我目睹民間之困苦，賦稅和傜役之沉重，雖然歸因於兵革不息，但長官之貪婪暴虐，和獻媚奉承，亦是加重庶民之負擔。

諸如不顧民生之死活，而強迫他們去採玉：

官府徵白丁，言採藍田玉。
絕嶺夜無家，深榛雨中宿，
獨婦餉糧還，哀哀舍南哭。

而權貴競為豪奢，糟塌民脂民膏：

春羅雙鴛鴦，出自寒夜女。
心精煙霧色，指歷千萬緒。
長安富豪家，妖艷不可數。
裁此百日功，唯將一朝舞。
舞罷復裁新，豈思勞者苦。

杜甫曾如此痛心疾首地說：「朱門酒肉臭，路有凍死骨。」
服兵役子孫都已戰死之孤苦無依的殘弱老叟，仍要力田不息：

蕭蕭垂白髮，默默詎知情。
獨放寒林燒，多尋虎跡行。
暮歸何處宿，來此空山耕。

而戰亂兵燹又造成不少城鎮蕭條，十室九空，滿目瘡痍：「蕭條孤煙絕，日入空城寒。」稍有人煙之村莊聚落，賦稅和徭役焉能不重？

我正是他們之爪牙，日夕去盤剝這些哀哀無告貧苦大眾：「甿稅況重疊，公門極熬煎。」在層層下壓，於是有些貧民為了完稅，要賣妻鬻子，而身無長物之孤家寡人，唯有流亡出走。對此我試問於心何忍？

於是我寫下此詩以明志：

直方難為進，守此微賤班。
開卷不及顧，沉埋案牘間。
兵凶久相踐，傜賦豈得閑。
促戚下可哀。寬政身致患。

日夕思自退，出門望故山。

這真是很諷刺，我要恢復家聲，但初出道就已日夕思自退！試想：我這個縣尉，官階為九品以下，何時才能晉陞到一品呢！即使真的有此可能，就必須心狠手辣，才有擢升之機會，那時我手上之鮮血，和腳下之屍骨，又會是多少呢？如斯埋沒良心之事，我是做不來的。

元結就曾拒絕向貧民徵稅而作出此詩：「使臣將王命，豈不如賊焉？今彼徵斂者，迫之如火煎。豈能絕人命，以作時世賢。思欲委符節，引竿自刺船。將家就魚麥，歸老江湖邊。」

他以辭官來抗王命，此詩得到杜甫之讚賞：「今盜賊未息，知民疾苦，得結輩十數公，落落然參錯天下為邦伯，萬物吐氣，天下小安可待矣。」

其實杜甫亦暗示，所謂盜賊，是官迫民反而已。除了此序文，杜甫更作詩諭揚他：「粲粲元道州，前聖畏後生。觀乎春陵作，欻見俊哲情。復覽賊退篇，結也實國楨……」

我不敢以元結相比，至少在官階上，他是可以獨當一州之長，是否徵稅及徭役，以及要徵多少稅，他是有酌情權。我只是個縣尉，凡事只能受令而行。我敬仰他之品格，並以他作為楷模，我唯有在能力之內，盡量善待下屬和庶民，和絕不會妄取一分一毛，求其心安而已。

但我真的能心安理得嗎？恢復家聲之念頭，無時能忘，此重擔亦無法卸下，這也是我此生唯一之抱負，苦痛不足為外人道。若然你得知，一定又會說我是自討苦吃不可救藥！

我也很明白，大唐之黃金時代已一去不復返，又窘於內憂外患，許多將帥藩鎮，對朝廷命令，陽奉陰違，朝廷也唯有姑息而已，而叛亂此起彼伏，正是：「中原正格鬥，無力整乾坤。」

大唐國勢，如江河日下。而韋氏之黃金歲月，也早已去得更遠了，國情蜩螗如斯，我何德何能，能恢復往日韋氏之光輝？表面上我是淡泊寧靜，但內心那團火，是永不息滅的。

我奉公守法，克盡厥職，經歷近十年，才擢升至洛陽丞，官秩為七品，這似乎有點進展。但有中官軍騎，侵漁欺壓平民，我依法懲辦，結果我被訟去官。中官氣焰，無人敢攖其鋒，更不要說忤逆其意。於是十年辛苦之些微成果，一朝斷送，人生有多少個十年？但我怎能面對權貴而枉法！

其實我直道而行，不肯同流合污，在此綱紀敗壞世情之下，我之被黜，是早晚之事，也是意料中之事。對於權貴與污吏相勾結，魚肉百姓，殘民以逞，我作此詩來諷刺：

野鵲野鵲巢林梢，鴟鳶恃力奪鵲巢。
吞鵲之肝啄鵲腦，竊食偷居常自保。
鳳凰五色百鳥尊，知鳶為害何不言？
霜鸇野鷂得殘肉，同啄羶腥不肯逐。
可憐百鳥生縱橫，雖有深林何處宿？

我官小力弱，人微言輕，能拯救他們於水深火熱之中嗎？結果連我自身也難保，奢言救民，真的可憐又可笑！世道如此，我唯有握腕長嘆，是杜甫之腸內熱的嘆息。

其後我雖然仍獲委任，但已是遠離兩京，偏處於瀕海之地，而且每次任職都不會長久，不是受到抑制而調遷，就是因本身多病而離職，東奔西遷無時或已，游宦飄泊不定，無法定居，連置業安家也說不上，振興家聲云乎哉！

對於舊日同窗，他們許多已是平步青雲，與舊識相見時，我贈以此詩，往日的自傲變為自嘲：

少年游太學，負氣蔑諸生。
蹉跎三十載，今日海隅行。

遠離帝京故居，昔日韋氏去天尺五，而今是萬里飄泊，這也是一種無言之傷痛。年紀大了，正是：「窗裡人將老，門前樹已秋。」仕途蹭蹬，沉跡下僚，又多病纏身，恢復家聲之夙願，看來是無法實現了。

是的，如今過的日子，只能是：「苟存性命於亂世，不求聞達於諸侯。」不再有任何企求了，更不要說甚麼抱負：「自當安蹇劣，誰謂薄世榮。」我只不過是一株生長在無人會留意的澗邊之幽草，一葉被人遺忘的孤舟：

獨憐幽草澗邊生，上有黃鸝深樹鳴。
春潮帶雨晚來急，野渡無人舟自橫。

既然我無法達到元結之品位去惠民安邦，於是就轉而效法陶潛尋求慰藉：

方鑿不受圜，直木不為輪。
揆材各有用，反性成苦辛。
折腰非吾事，飲水非吾貧。

我又自我開解：

攜酒花林下，前有千載墳。
於時不共酌，奈此泉下人。
始有玩芳物，行當念徂春。
聊舒遠出踪，坐望還山雲。
且遂一歡笑，焉知賤與貧。

當我內心那團煎熬之火逐漸熄滅時，以為真的終於可以放下，安心地過日子。就在這時，我相濡以沫之妻子病逝了！又一次更大的苦痛來折磨我，中年喪妻，我才感受到真正之孤獨和寂寞，而我之苦惱何時才能止息呢？

此際涼秋九月，面對庭樹空禿，落葉在空庭中隨風打轉，飄搖不定，正如大半生飄泊的我。在郡齋中我有說不出之孤獨和寂寞，涼冷中於是我想起在山中的你。黃昏時更下起細雨，雨絲交織成一個空虛的巨網，我是一尾孤獨之游魚，無可逃避地被網起來了，這是個寂寞之網，疏而不漏。

於是我端起一瓢酒，要到山中找你：「欲持一瓢酒，遠慰風雨夕。」但我能找得到你嗎？許多時，你不會住在茅屋內，為了避開不速之客，你往往是入住山洞，而山上之山洞多得很，何處找得到你呢？正是：「落葉滿空山，何處尋行迹？」

而你也未必會高興我貿然到訪，我應該尊重你之獨處，不該為了逃避寂寞而打擾了你的清修。當你要和我相見時，你自然會飄然而至，那時我們就可以促膝長談，我一定要你留宿，聯床夜話，直至遙聞曉柝山城。

那我就耐心地等待着你之來訪，在等待中我必須學習忍受孤獨，忍受寂寞，正如忍受這秋天之蕭瑟和淒冷。這也是我今後必然要單獨面對孤寂之歲月。

行宮

寥落古行宮，宮花寂寞紅。
白頭宮女在，閑坐說玄宗。
——王建

春天來了，檐間之冰柱開始溶消，鐵馬和風鈴一夜絮聒，已預報東風吹暖。積雪融化了，御溝的水又流動起來，將春的消息流向人間，但不再有紅葉題詩，如此幸運美好良緣的故事，很少會重複的，宮女蘊兒對此有很深刻的體會。不過依舊是花開遍園，依舊是引來了蛺蝶。宮娥們「行到中庭數花朵，蝴蝶飛上玉釵頭。」南園的花開得最為喧嘩，也最為放肆，其實這都是無可奈何排遣寂寞之法而已，去問問這些閑蕩數花的宮女吧，她們清楚不過了。

有人曾說過：「陌上花開，可以緩緩歸矣！」但她們能歸向何處呢？她們沒有這個自主，何況她們大都韶華不再，外面的人早已忘記了她們，而她們也對外界不再有盼望，她們都老了，老得只剩下回憶，回憶就是她們生命的全部，那就讓回憶來說話吧。

「如此良辰美景，讓我們高歌一曲吧。」有人頗有興致地說。

「有美娥姊在，我們豈敢獻醜！」

「是的，由美娥姊獨唱！」許多人都紛紛拍掌附和。

美娥擅歌唱，得自李青青和龍佐之真傳。她在盛情難卻之下站了出來，整理一下衣服，正色地說道：「自從我之好友昭儀離宮，自願到華陽觀做了女冠之後，我就不再展喉了，歌曲已生疏，今天大家如此賞面，我就勉為其難好了。」她調勻一下氣息，於是唱出：

故國三千里，深宮二十年。
一聲何滿子，雙淚落君前。

曲調悲涼，歌者又功力深厚，正好唱出她們這群老宮女之心聲。歌聲穿透整個南園，進入內殿，又返折回來，縈迴於枝椏間，有如四周的山色嵐光那樣飄蕩着。美娥之歌聲，真比得上春秋時代韓娥之「繞樑三日」。怪不得她們的名都有「娥」這個字了。此曲令宮女感懷身世，有的飲泣起來。如果李青青和龍佐還在世的話，她們一定對這個高足感到驕傲。

這時假山樹下，傳來「錚」的一聲。原來是王琳撥動一根箏絃，她一直是箏不離身的，也差不多是身箏合一。當眾人目光投向她，於是緩緩地說：「很感謝美娥姊唱出如此動聽歌曲，更感謝她提起昭儀，昭儀離宮入道，就將她的東西全都分給我們，正是：『寶劍贈烈士，紅粉贈佳人。』她知我好彈箏，就將此箏送給我，我見此箏，就猶如見到她。」

各人都點頭同意。是的，許多有機會離宮，出家或入道之宮女，大都會將身邊多餘之物分給其他人，但昭儀做得最為徹底，連錢財也一分不留，這裡不少人都受過她的恩惠。現在有人提起她，各人自然對她懷念起來。

「妳們可知她為何要做女道士?」王琳又撥了一下箏問。

「她大是概看破紅塵吧。」有人說。

「可以如此說。」王琳說：「她是我們中最美麗之宮女，又是性情最溫順體貼之人，不會因為自己有絕色，而凌轢他人。我衷心希望她能得主上之寵愛，甚至能成為皇后。她亦很有信心，只要主上見到她，必定得到垂青。可惜她沒有這個機會。」

「我們都沒有這個機會！」她們都異口同聲地說，說此話的人年紀不那麼老大。

「白居易曾說過：後宮佳麗三千人。其實何止三千？單是長安和洛陽已不只此數，更不要說無數之離宮和行宮了！」王琳憤憤不平地說：「王昭君空有絕世姿容，由於無法接近主上，而沒沒無聞。她自願和番，是不甘老死宮中，亦是藉此讓主上能到見自己，雖然是最後之一面，何其悲痛！」

她們都默然無語，她們之命運亦與王昭君相同。

王琳繼續說下去：「當我們來到此偏遠之行宮，我們的命運就已注定了。其實，即使置身於長安或洛陽之宮中，能得睹天顏，又有多少人呢？更不要說能親近了。昭儀不及三十歲，就自願去做女道士，她是完全失望了，因為即使能見到主上，亦已太遲了，雖然她仍然美貌，但主上怎會看上年近三十歲之老女人？」

「昭儀的希望太大，所以失望也很大。」有人說。

「我們入宮時，誰人不都是充滿希望的呢？」王琳感喟地說：「美娥刻意侍奉李美美，又向龍佐虛心求教，就是為了學好歌唱，希望有一天能夠以歌聲感動主上，得到垂青。她之苦心和天賦，令她歌藝大進，我認為她已青出於藍，蓋過米嘉榮，甚至勝過李龜年！但她空負一身絕技，根本無機會施展，她連主上的衣角也看不到，又怎能在主上面前一展歌喉呢！她說她的好友昭儀入道後，就不再歌唱，用意亦是相同：既然已無機會在主上面前獻歌，又年華老去，何必再唱下去呢？」

美娥雙手掩面，淚水仍然從指間迸溢而出，她之心事為王琳全都說出來了。

「至於我本人呢？」王琳極其輕聲地說，彷彿只是說給自己聽，同時隨意拂動箏絃，發出悅耳的聲音：「我自少喜歡彈箏，我的指法和美貌早已得到全縣的讚許，家境也富裕，我又知書達禮，自然有不少媒人來問字，但都一一謝絕了，因為父母知我心意：我不會委身於凡庸之家，我等待着……果然我之才貌和高傲上動天聽，我被選入宮。滿以為從此得主上寵愛，享盡榮華富貴，也為門楣及故里增光。白居易不是如此說過嗎：『可憐光彩生門戶，遂令天下父母心，不重生男重生女！』但屈指算來，我入宮已過九年，連主上身影也未見到！」

王琳最後一句話，更是低不可聞，頭也垂得更低。各人都為之黯然，都沉思和回憶自己的身世，其實都大同小異，皆是甚有姿色，各有才藝，有的甚至能文詩賦，若是女子也可以應試的話，要考取功名也非難事，但如今命運竟亦是相同：勢將老死在此寂寥之行宮中。

王琳急速連連揮手，錚錚然金戈之聲，又開朗起來，說：「幸而我有箏作伴，不會感寂寞。當然，我還是有盼望，我之盼望不再是得到主上之眷顧，而是要離開這裡！返回故里，做一個平凡之歸家娘，我要彈箏給夫君聽：『樓頭少婦鳴箏坐，遙見飛塵入建章。』雖然我已不是少婦，但我多麼渴望有此一日！」

「我也想離開這裡！」許多人都齊聲說。

「但我們能夠自行離去嗎？」有人冷靜地問。

「絕對不可能！一入侯門深似海，何況是宮門！這裡比牢獄猶不如，在牢獄還可以有親人來探望，在這裡則是六親斷絕！連父母來見女兒一眼也不能！」有人冷酷地指出。其實此事實人盡皆知，有人說了出來，反增傷痛。

「我們最終還是可以離開的！」有人別有意思地說：「宮外之北山，那裡墓塚纍纍，全都是埋葬老死之宮女，那裡才是我們最終歸宿之處。」

只有死才能離開，真的是嗚呼哀哉，各人聽了都為之慘然。

「在我記憶中，的確是曾經有過放出宮女，那是四五十年前之事了。」一個老宮女說：「當時一次過放出二千多個宮女，不過放出之宮女，大都是年齡老大，年輕的絕無僅有。」

「年輕的宮女，要離開這裡，除了像昭儀般自願做女道士之外，別無他法。」另一個老宮女說。

「千萬不要放我出去，我年紀雖然不是很大，已習慣這裡的生活，我不想離去。」一個中年宮女憂心忡忡地說。

「我們年紀老邁的更不想離去，父母必定已去世，兄長親友亦可能不在，離宮後我們還可以依靠誰呢？」這差不多是所有老宮女之心聲。

「我們被選入宮，與及日後會否被放回，全都是身不由主的。」有人又冷酷地說出此實情。

她們都默然無語。有人要打破此沉重的氣氛，故意輕鬆地說：「也有年輕的宮女可以離開皇宮，並且獲得美好良緣。」

「真的嗎？」一個較為年輕宮女興奮地追問：「是誰如此幸運？」

「當然是真的！此事人盡皆知，就只有妳不知。」她認真地說。

年輕宮女茫然地環顧各人，投射出詢問之眼光。各人都忍不住掩口而笑。她這才恍然而悟，說道：「哦，原來妳是說紅葉題詩之事，但此是可遇不可求。」

這時眾人之目光都望向蘊兒，她不好意地低下頭，訕訕地說：「此是我年輕時之荒唐事，現在回想起來，也覺汗顏又好笑，但當時我的確是滿懷希望而去做的。」

原來她年輕時曾仿效紅葉題詩，不是隨便題在葉上，而是工整地寫在白紙上，摺疊成紙船，然後小心放到御溝流出去，希望有人拾到，並且會有回音。當時她幾乎每日，每月，每年都不斷重複如此投詩入御溝，又在溝邊苦苦地守候，但都徒勞無功。

「蘊兒，妳在御溝投詩究竟多少年了？我記憶中至少有五六年了吧？」有人問。

「七年又八個月。」她極其清楚地說：「浪費不少筆墨和紙張，當然，還有我之熱心，盼望和光陰，全都浪擲了。」

「這有分別嗎？在宮中我們的光陰，不是浪擲在這裡，就是浪擲在那裡。至少，妳做的事是很有意思的。」

蘊兒苦笑了一下說：「其實我也知道這是徒勞無功，但日子委實是過得太無聊了，而且也存着萬一之念頭。」

「如果我會作詩，又作得像妳那樣好的話，我也會如此做的。」有人很羨慕她的詩才，於是唸出她的御溝投詩：

一入深宮裡，年年不見春。聊題一片葉，寄與有情人。

「蘊兒這首詩的確寫得很好，比晉朝才女謝道蘊之詠雪詩：『未若柳絮因風起』此片言零句優勝得多。」有人同意地說。

「投詩御溝，待人拾得，又要拾回其回音，真的難上加難。不過有宮女曾用更直接之方法投詩，亦可得到良緣。」一個老宮女憶起，並詳細地憶述出來。

那是很久遠，玄宗開元時之事。一名駐守邊陲士兵收到分派之寒衣，衣內夾裡寫有一首詩：

沙場征戍客，寒苦若為眠。戰袍經手作，知落阿誰邊？
蓄意多添線，含情更着綿。今生已過也，願結後生緣。

士兵不敢隱瞞，上報主帥。主帥又上報朝廷，終於驚動玄宗。原來這些寒衣是由宮女縫製。玄宗追問詩是誰作，聲言不會加罪。於是有宮女承認是作者。玄宗果然不加罪，更讓他們結為夫婦，笑說：「吾與汝結今生緣。」

她們聽了都很羨慕。

「如果我們有機會為士兵縫製綿衣，蘊兒，妳可以此法來投詩，必定有人收到，不會如付之流水那麼渺茫。」有人對她說。蘊兒也的確躍躍欲試，又再燃起投詩結緣之心。

「這要當今看主上是否寬宏和有大度，弄得不好，反會惹禍上身。」一名老宮女不以為然地說：「玄宗是一位少有之明君，又很隨和，樂於常常和我們一同遊玩，甚易親近。」

「是的，他不要我們稱他主上，要我們叫他做三郎，十分之親切。」另一位老宮女說。

原來這些老宮女，當時都能和玄宗一同玩樂，真的羨煞那些較為年輕之宮女。如今的主上甚少來，要見一面也難，更不要說一同玩樂。

「那時真的很熱鬧。」又有老宮女回憶當年：「最熱鬧又最有趣的莫過於是字舞了！」

「字舞？」有人不明白地問。

「所謂字舞，乃是數百名宮女，穿着各色的彩衣，隨音律起舞，到某個音節時，舞者亞身於地，布成字，變化之字有：『道泰百王』『皇帝萬年』『寶祚彌昌』『聖超千古』這十六個字。三郎親自擊鼓助慶，場面甚為壯觀。表演者和觀賞者都其樂無窮。」老宮女現在回憶起來，皺紋之面孔依然神采飛揚，渾濁的眼睛也煥發出光芒。

「可不是嗎？三郎之玩樂主意甚多，層出不窮。」又有老宮女說：「這與他精通音律有關。他曾夢遊月宮，得聞仙樂。醒後憑記憶將仙樂寫下來，那就是著名之〈霓裳羽衣曲〉了。此舞曲悅耳又別有風采，令我們飄逸有如仙女，何況是由娘子親自帶領我們宮女起舞和歌唱，真的是：『此曲只應天上有』。」

老宮女所說之「娘子」就是指楊貴妃了。

「是的，三郎不單親自教我們歌舞，還教我們打馬球和射箭，令我們能文能武。」有老宮女說，並展示她的強壯手臂，雖然肌肉鬆，但形態仍然可見，她又驕傲地說：「我之箭術高明，曾一箭射下兩雁，所以我晉陞為『才人』，比宮女高一級。大詩人杜甫有此詩句：『輦前才人帶弓箭，白馬嚼齧黃金勒。翻身向天仰射雲，一箭正墜雙飛翼。』我深信此詩正是刻畫我！因為據我所知，除了我，宮女中無射手能一箭射下兩雁！」

「打馬球和射箭這些玩意太危險了，我從來不敢去試。」另一名老宮女說：「我只想能成為三郎之梨園子弟，三郎要我試扮演『貴妃醉酒』，我盡力演了好幾次，他總是不滿意，就算我真的喝了酒，帶醉去演也不似。三郎的要求很高，其實也是強人所難。說到美貌，身段，嬌慵，和真的醉酒後之媚態，又有誰能及楊貴妃本人呢？有此珠玉在前，要我去飾演真的娘子，豈不是東施效顰？若然我真有此能力，我早是已另一個楊貴妃了！結果我只能望梨園之門而興歎！」

「有一次我幾乎可以得到三郎寵幸！」又有老宮女回味地說，然後說明原委，玄宗之玩意真的層出不窮。有一年春天，他突然召集全部宮女，頭上放置鮮花，玄宗親自放粉蝶，隨蝶所止而幸之。

「此粉蝶到處飛舞，終於飛到我頭頂上，看看就要降落在我髮上之鮮花中，但就在最後之一刻，牠卻轉飛而去，停在我前面宮女之頭上！瞬息之間，我由狂喜而落入失望，這個滋味很不好受，至今難忘！」老宮女儘管不無苦澀地說，但仍然回味無窮。

「聽妳們說來，那時真的很熱鬧開心，能夠常常和主上一起玩樂，多采多姿，不似我們如今寂寞無聊。」有較年輕之宮女羨慕地說。

於是各老宮女更為努力去追憶，搜索記憶每一個角落，說出當年玄宗時種種樂事。諸如龍舟競渡，投壺彈棋，擲雙陸博戲時呼盧喝雉，蹴鞠競賽，和盪鞦韆競高等等。

「是了，妳們稱主上為三郎，為何叫三郎呢？」有年輕之宮女突然問。

「因為玄宗排行第三。」

「那就是說玄宗不是長子，他為何能夠登基做皇帝？」

許多老宮女都答不上話。

其中一名老宮女神色凝重地說：「我知道箇中原因，我可以說出來，不過妳們聽了要守口如瓶，以後也不要再提及此事。」

「我們決不會亂說！」

「事情是這樣的……」該名老宮女正要將緣由說出來，而就在這時，內殿傳來一下又一下懶散悠然之鐘聲，告訴她們是用早膳的時候了。

淪謫

白石巖扉碧蘚滋，上清淪謫得歸遲。
一春夢雨常飄瓦，盡日靈風不滿旗。
——李商隱

我策馬馳進谷口，再轉過一個山坳，那道千仞的峭壁就出現在我眼前，石壁的山泉依舊潺緩地滲流着，而山岩間的石脈和文理，鬼斧神工地呈現出一個隱約美麗女子的形象，有如仙女顯靈，讓世人得睹其仙跡。於是當地人士稱之為聖女神，並在山巖下為她建立聖女祠，供奉她栩栩如生的塑像，聽說很靈驗，路過的人都會入祠一睹其風采，拜祭及祈福。十九年前我曾路過此地，並在祠壁題詩。如今我又再路過，自然要舊地重遊，和見她一面。十九年是個悠長的歲月，人世有多少個十九年呢？我的題詩還在嗎？她別來無恙嗎？

我穿過松栢林叢地，就見到那一座宏偉的結構了。雖然華麗，但已剝落褪色，顯得有些落寞寂寥，這裡偏僻荒涼，人跡罕至。祠前修篁拂天，竹粉和苔蘚在石壁上滋生着。我將馬栓在石欄上，踏上滿布落葉很久無人走過的石階，進入祠內的東壁，我的題詩竟然仍在，雖然有些漫漶，但還可辨讀：

松篁台殿蕙香幃，龍護瑤窗鳳掩扉。
無質易迷三里霧，不寒長着五銖衣。
人間定有崔羅什，天上應無劉武威。
寄問釵頭雙白燕，每朝珠館幾時歸？

十九年來有多少人入祠，又有多少人讀過我這首詩呢？想到這裡不禁啞然失笑，我至今竟然還念念不忘我的詩什能否傳世，這亦是我的悲哀，而除了詩，我還有甚麼呢？飄泊奔波大半生，依然一無所有。如今柳仲郢應召回朝，我和他的府主與幕僚關係也就此結束，我又失去一個恩主，還有誰可依靠呢？因為令狐楚早就物故，崔戎，盧弘正，鄭亞也先後謝世。他們在世時，我作為書記幕客，隨各府主到處飄泊，寄人籬下，與家人聚少離多，而所撰寫朝廷表章，書啟狀牒，也不過是為人作嫁衣，但總算是有一枝之棲。柳仲郢此次回朝乃是陞職，但不能開府自行聘任僚佐。我已四十多歲了，連這卑微之幕職也失去，只感到前路茫茫，正是：

春日在天涯，天涯日又斜。
鶯啼如有淚，為濕最高花。

我來到正殿，你端坐着，依然美麗如昔，翠羽明璫，外衣薄如蟬翼，比一枚五銖錢還要輕，冬夜時你不感到寒冷嗎？你雲鬢上寶釵那一雙玉燕，仍舊陪伴着你，並沒有飛走，否則你就更孤單了。幃幔沉重地垂着，粉蛾貼死在上面，不知時日的流逝，又或是光陰在這裡早已滯留不動？是的，你一定很寂寞，長年累月孤獨地守住這裡，你的眼睛永遠望向前方，等待着一個召喚？一道敕令？相信你是受到譴謫才留在這荒山野嶺，度過不知多少個綿綿淫雨飄瓦的春天，老景沉重的夏日，秋之蕭殺和隆冬時分積雪封山壓祠，你不知何年何月才能回到天上。

而我的淪謫則是到處飄泊，長與家別，日子同樣不好過。連妻子病重時，也不能留下陪伴她多一刻，忍痛作別時，她欲語還休，正是未語含悲辛，當時我已有不祥之預感。果然不幸是：「歸來已不見，錦瑟長於人。」真是人世死前唯有別，更何況是已死！浮世本來多聚散，難道仙家也是如此？那真是：

莫羨仙家有上清，仙家暫謫亦千春。
月中桂樹高多少，試問河西斫樹人。

吳剛伐樹，每斫一下，樹創隨即癒合。試問有何苦事，比這徒勞單調，又永無休止的工作更令人喪氣呢？難道仙人的受罰更甚於凡人？既然天人同樣會受苦，我又何必學道求仙。

我同情吳剛之受罰，也同情你之淪謫。我和你雖然天人相隔，但都同是天涯淪落，而許多仙女之事跡大都和凡人有關。「萼綠華來無定所，杜蘭香去未移時。」萼綠華者，自云是南山人，不知是何山也。女子，年可二十上下。青衣，顏色絕麗。於晉代升平三年十一月十日，夜降於羊權家。自此往來，一月輒六過。後與羊權屍解藥，化形而去。杜蘭香亦神女也，香降張碩家，既成婚，香便去。絕不來。年餘，碩忽見香乘車山際，碩不勝悲喜，香亦有悅色。言語頃時，碩欲登其車，其婢舉手排碩，凝然山立，碩復於車前上車，奴攘臂排之，碩於是遂退。既然已是仙女，為何又與凡夫交往？相好之後又無故離去，令人難以捉摸猜度：「恐是仙家愛別離？故教迢遞作佳期。由來碧落銀河畔，可要金風玉露時？」但要等到何時才是佳期呢？正是：「莫嘆佳期晚，佳期自古稀。」費長房遇仙人壺公，壺公有一個壺蘆，他帶領長房跳入壺內，原來壺中另有山河大地，城郭樓台。不過到頭來還是：「若是壺中有天地，又向壺中傷別離。」

詩人有謫仙之譽者，唯有李白。李白初到長安，與賀知章相遇，知章得讀其〈蜀道難〉，驚為天人，只因受謫而淪落凡塵，故稱之為謫仙。李白不但才華蓋世，性格亦出塵脫俗，難與世俗交合。還有李賀，也是才華出眾，亦是懷才不遇，在世時落落寡歡。而李賀更是坎坷命短，只活了廿七歲。我曾為他作傳，說明他之短壽，乃是天上白玉樓建成，召他回上天去作記。是的，如此出世之高才，何必在此濁世久留？這兩位都是我敬仰的詩人，特別是李賀的詩，更是我心慕手追。事實上，我也有不少摹擬他的詩章，放在他的詩集中，無人能夠辨別。

而我們都有共同的宿命，不適合於這個五濁的惡世，難道我們都是姓李之故？又都是大唐李氏之龍種，只不過都是偏房，幾代之後才淪落為庶民。尤其是如今我所處的時世，邊疆則烽煙四起，國內則藩鎮割，兵禍連結；朝廷則宦官專權，恣意廢立殺戮；朝臣則結黨營私，正直之士無立足之地。特別係黨爭，我正身受其害。我本來兩次得入秘書省，官位雖然不高，但為職清要，得近天聽，以我之翰墨彩筆，晉陞高位應非難事：

我是夢中傳彩筆，為書花葉寄朝雲。

元積，令狐楚和崔戎不正是以撰寫奏章而得相位嗎？何況在長安，我可以和家人同聚天倫，無離別之苦。那時我的確有如置身天上：

初夢龍宮寶燄然，瑞霞明麗滿晴天。
旋成醉倚蓬萊樹，有箇仙人拍我肩。
少頃遠聞吹細管，聞聲不見隔飛煙。
逡巡又過瀟湘雨，雨打湘靈五十絃。
瞥見馮夷殊悵望，鮫綃休賣海為田。
亦逢毛女無憀極，龍伯擎將華嶽蓮……

但好景不常，我無端捲入黨爭。因為我絕不盲從附和，更不會結黨營私，我一貫是：是其是，非其非，守正不阿。結果反招來兩派的猜忌排斥，特別係令狐綯，認為我是：忘家恩，放利偷合。我從此遠離長安。為了生計，依府主為幕僚而到處飄泊。

可告慰的是，我的詩文傳誦天下，特別是我之四六駢文，即使是千篇一律的公文，也能曲盡其妙，典麗雅致。名滿天下的白居易，也望來世投生做我的兒子，所以我的第一個出生的兒子，就取名為：白老。由此可見，排斥我之人，何嘗不是挾帶着嫉忌呢！我的稟性，實在是與時下世俗杆格不入，我之潔身自惜，又怎會去爭一啄一飲？排擠我的人，只不過是：

不知腐鼠成滋味，猜意鵷雛竟未休。

我之淪謫何時才能如李白李賀那樣重回天上？「自有仙才自不知，十年長夢採華芝。秋風動地黃雲暮，歸去嵩陽尋舊師。」但仙人的日子也有未如人意，在旅途的奔波中，我曾路過稷山驛而留宿，驛吏王全在此任職五十六年，人稱有道術，往來過客多贈詩章，我也贈詩給他：

絳台驛吏老風塵，耽酒成仙幾十春。
過客不勞詢甲子，惟書亥字與時人。

若然他是仙人，幾十年來守在此荒野驛旅，閱盡人間滄桑，究竟所為何事？而仙人是不死的，今後也將繼續守下去，有如你守在這荒祠，有如吳剛不斷砍樹，那真是天若有情天亦老。

漢代九江壽春人梅福，為南昌尉，後去官歸壽昌。不久梅福棄妻子，去九江，至今傳以為仙。其後有人在會稽見到梅福，他改變名姓，在吳門做守門卒。仙人行事真的如此莫測又難以理解。試問這樣的神仙日子又何足羨慕？東方朔童子時，曾三盜王母之仙桃，他之下謫是否與此有關？但也不過是十八年：「十八年來墮世間，瑤池歸夢碧桃閑。」而嫦娥盜吃了不死藥，則要永遠孤獨地留在月宮中：

雲母屏風蠋影深，長河漸落曉星沉；
嫦娥應悔偷靈藥，碧海青天夜夜心。

晉朝人王質入山採樵，見松樹下二人對弈，於是坐下旁觀，弈者食果子，亦分一枚給他。一局既終，王質這才發覺斧柯已朽壞爛盡。下山返家，親友皆不見，人事全非，原來已過了好幾世代。王質之遇仙有何好處？徒然是虛度光陰，更是與親人長別。也是晉代時之事：太康二年冬大雪，有人見橋下結冰的河上有二鶴作人語說：「今年冬之嚴寒，比得上堯崩那一年。」凡人成仙化鶴之事，還有遼東人丁令威，得仙道，化為白鶴歸來，集於城門的華表柱，有少年引弓欲射他，他飛揚起來，叫道：「我是丁令威，去家千年今始歸。城郭如舊人民非，何不學仙塚纍纍。」丁令威的叫聲是人語抑或是鶴唳？而他的叫聲一定是十分之寂寞，千年已過，何必再歸來？徒然是增添傷感而已。

王子喬者，周靈王太子晉也，好吹笙作鳳凰鳴，道士浮丘公接以上嵩高山，成仙三十年後，見桓良，謂曰：「可告我家，七月七日候我於緱氏山巔。」至期果乘白鶴駐山頭，家人不得上，停留數日後舉手謝時人而去。即使是仙人，對家人還是念念不忘。

我不知在這裡徘徊和佇立了多久，我對你的哀傷也是自憐，夕照在窗櫺抹上最後的光彩。但我捨不得就此離去，我已四十多歲，瘵疾和消渴病一直如影子般纏繞着，將我拉扯得長瘦。以此病軀，我不會有另一個十九年後能再臨此地，所以我珍惜此次相聚。我望着你那永遠不變但有些落寞的容顏，我們都是孑然一身，何時才能回到三清天上呢？那時我們就可以相會了。我已厭倦在世上飄泊……

玉郎會此通仙籍，憶向天階問紫芝。

這時又突然下起雨來，雨勢愈來愈急，雨水在屋瓦上如河流那樣奔瀉着，這些聲音似乎是與寂寞同行，令人無法抵禦或逃避。看來今晚我要在此過夜。若然下雨是你的意旨，要我留下來陪你，我是很樂意如此做的。晚風起了，連沉重的幃幔也晃動着，貼死在上面的粉蛾於是復活了……

冬暮

羽翼摧殘日，郊原寂寞時。晨雞驚樹雪，寒鶩守冰池。
急景忽云暮，頹年寖已衰。如何匡國分，不與夙心期。

——李商隱

今年冬似是特別寒冷，尤其是晚上，冷得我無法入睡。我本來已是：「孤鶴從來不得眠。」更何況是嚴寒之冬夜。昨夜我又睡得不好，整夜縮瑟在冰冷的床上，只在黎明時才茫然闔上眼。現在又冷醒，窗外正飄着雪，庭樹披雪如堆鹽，池水結冰，鴨子無法覓食，只能守望着冰下之游魚。相信鴨子和我都盼望長夏快些到來，這真的很諷刺，我之消渴病和瘵疾不正是最怕炎熱的嗎？在炎夏煩燥坐立不安時，我不是說過：「多病欣依有道邦，南塘晏起想秋江。」如今我在寒冬晏起時，卻又想念夏日，真的是顛倒妄想，何其荒唐。

也許本年冬並不特別寒冷，只不過是我衰老多病而已。雖然我不過四十七歲，但已感覺到，我之病軀無法捱得到明年夏天。現在已是嚴冬歲暮，時光如白駒過隙，我驚覺原來自己也到了暮年，生命行將終結。在這裡寂寞的鄉居，我有如是折翼之傷禽，再也不能振飛，我還有甚麼前景可指望呢？

回想當日柳仲郢離東川回京，我失去幕僚之職。柳氏回朝後，晉陞為兵部侍郎，兼諸道鹽鐵轉運使時，他仍然很念舊，推薦我做鹽鐵推官，雖然又要遠赴江東，但揚州自古是繁華之地，六朝金粉，何況我童稚時光是隨先父在江南度過，該處可說是我的第二故鄉，能夠舊地重遊，也是美事。更為重要的是，鹽鐵推官之厚祿，豈是區區文書幕僚之薪俸所能比擬。既然此生難望名掛朝籍，晚年能有此厚祿，也算是個慰藉，柳氏之美意我是心領的。但柳氏上任不及一年，因事左遷，我這個鹽鐵推官也就幹不下去。我之病情加深也是原因，尤其是眼疾，令我視事困難，失去靠山，唯有返回鄭州老家養病。

儘管病廢幽居，初時我仍可以自得其樂。對田叟之情誼，我贈之以詩：

荷蓧衰翁似有情，相逢攜手遶村行。

燒畬曉映遠山色，伐樹暝傳深谷聲。
鷗鳥忘機翻浹洽，交親得路昧平生。
撫躬道直誠感激，在野無賢心自驚。

玄宗時為廣求天下賢士，即使有一才一藝之人，有司也要將之推薦。但李林甫暗中加以阻撓，於是無人能中程，然後上表賀稱野無遺賢，玄宗也就深信不疑。我不相信玄宗顢頇至此，他之所謂求賢若渴，並非出自真心，林甫老奸巨猾，猜透其心思，所以其奸計才能得售。如今我之處況又如何呢？我雖說心自驚，但還是有所企盼的。

在閑適時我又欣然寫下：

多病欣依有道邦，南塘晏起想秋江。
卷簾飛燕還拂水，開戶暗蟲猶打窗。
更閱前題已披卷，仍斟昨夜未開缸。
誰人為報故交道，莫惜鯉魚時一雙。

是的，即使我僻居幽村，應該也會有故舊親友問訊。我畢竟身為進士，兩度入秘書省，又四度為幕客，足跡遍天下，在朝在野之親友故交頗多，並結識不少僧徒道侶，何況我的詩文與杜牧齊名，世人稱之為小李杜，與李杜（李白與杜甫）互相頡頏，又先後輝映。但迄今我收不到任何音問，連一首寄贈的詩也沒有，看來我已為人遺忘了。

可能我不甘寂寞，或心存盼望，也曾投詩寄贈在朝四位同年故舊：鄭茂休，曹確，獨孤雲和李定言，他們都是春風得意，身居要津，詩云：

昔歲陪遊舊跡多，風光今日兩蹉跎。
不因醉本蘭亭在，兼忘當年舊永和。

但寄出詩去如石沉大海，四人無一有回音。他們大概是職務繁重，酬酢又多，更可能是夜夜笙歌，無暇理會我這個閑人。他們雖說是同年故交，但畢竟並非親人，而韓瞻又如何呢？我們同是王茂元之僚婿，他娶茂元大女，我娶其小女，我們是同襟之親，但際遇有雲泥之別，也許我們成婚之時，已有此預兆：茂元在長安為他建造朱門大宅作為洞房新居，而我則無此厚待。其實最需要資助的人，正是我這個窮書生！世情往往是錦上添花，而非雪中送炭。

果然，後來韓瞻之極榮正好比對出我之極枯，但他從未對我施以援手。我失去東川幕職回老家鄭州，途經長安時，他是我的同襟，在情理和禮節上，我自應到其府上拜會，但不獲接見。他是宿醉未醒，抑或是門人不予通報？我唯有留詩而別：

清時無事奏明光，不遣當關報早霜。
中禁詞臣尋引領，左川歸客自迴腸。
郎君下筆驚鸚鵡，侍女吹笙弄鳳凰。
空記大羅天上事，眾仙同日詠霓裳。

連久別來訪之同襟也拒見，也就難怪他人對我這個失意者不屑一顧了。人情之冷暖本來就是如此，李頎不是早已說過：「聞道故林相識多，罷官昨日今如何？」我曾盼望有人會汲引我，那我就可以東山再起，看來這是個奢望。

晚年退隱本是我之夙願：「永憶江湖歸白髮，欲迴天地入扁舟。」但在退隱之前，我必須成就一番功業，我之才能必須有所舒展，為朝廷盡力，才不辜負此生！其實以我獨步天下之駢文奏章，在朝廷內佔一席位，絕非難事，甚至可得高職，元稹之輩不正是以翰墨而登相位？我之彩筆詩文比這些人有過之而無不及。當然，元稹之能攀高位，主要還是靠依附宦官，對此我是不屑為之。我平生最敬重之友人劉蕡，就正因為他敢直斥宦官擅權誤國。此虎鬚無人敢捋，包括朝中之大臣。結果他因此受貶謫而死。我為他特別作了五首詩，其中四首是哭悼他之蒙冤受屈，對其高風亮節，欽佩之至，其中兩句有云：「平生風義兼師友，不敢同君哭寢門。」

我對任何人贈詩，從未多過三首，劉蕡是個異數。而我對劉蕡之傾仰和呼冤，必然引起他人對我有戒心，割席甚至敵視。我這樣做，不啻為自己之前路自設障礙，但此乃是我之稟性使然，無法改變的。我自問有過人之才華，但不肯依朋結黨，這才是我之致命傷：

中路因循我所長，古來才命兩相妨。
勸君莫強安蛇足，一盞芳醪不得嘗。

在我村郊寂寞幽居時，正月十五夜，聽聞長安京都恢復元宵放燈，心情很激動，因為自安史之亂後，已不彈此調久矣。如今恢復，真是中興盛事，我不禁唸起蘇味道此首名詩：「火樹銀花合，星橋鐵鎖開。暗塵隨馬去，明月逐人來。游妓皆穠李，行歌盡落梅。金吾不禁夜，玉漏莫相催。」我恨不能目睹和身與此盛事，而京都此時之熱鬧，比對我村野郊居之寂寥，真是別有一番滋味，於是我在遙想中寫下此詩：

月色燈光滿帝都，香車寶輦隘通衢。
身閑不睹中興盛，羞逐鄉人賽紫姑。

是的，大唐中興，人皆振奮，而我不少同輩大都躋身高位，享受着高官厚祿，而我則病廢幽居，正是：「冠蓋滿京華，斯人獨憔悴。」杜甫晚年流落西蜀，生活潦倒，也曾如此慨嘆：「同學少年多不賤，五陵裘馬自輕肥。」杜甫雖然顛沛流離，但總算是一家人大小能相聚，而有甚麼事比天倫之樂更為重要呢？亡妻已離開我七年，我孑然一身又多病，在孤獨寂寞中我悵然寫下：

桐槿日零落，雨餘方寂寥。枕寒莊蝶去，窗冷胤螢銷。
取適琴將酒，忘名牧與樵。平生有遊舊，一一在煙霄。

我的親友大都飛黃騰達，青雲直上，只有我在崎嶇之泥途中躑躅掙扎。所謂琴酒牧樵，無可奈何而已，何適之有！

寂寞中加深我對亡妻的思念，年老病侵，我自知來日無多，於是追尋我們曾相處過的足跡，重拾和回味我們相聚的細節。而最為珍重之記憶，當然是我們初相識的地方了。於是我重訪在洛陽之崇陽宅，她少女時與父母兄長和眾姊同住之所。她有五兄六姊，她排行最小。二十一年前，我就是在此大宅認識她的，以及我們成親後初時，也曾在此大宅居住過一段時間。如今已半荒廢，回想當年之熱鬧歌舞，比對現在之荒涼蕭條，人面全非。真的是：「蕭條異代不同時。」是的，一切都走向衰敗，包括我之仕途，抱負，年華和病軀都走向衰敗，而不久我將如階上和廊廡之敗葉，與泥土同腐。這樣也好，我終於可以和亡妻相會了。

在破敗的園林中，只見竹林依舊青翠，以及池邊之紅蕖，不理世事，也不理人間何世，依然盛放如故：

露如微霰下前池，風過迴塘萬竹悲。
浮世本來多聚散，紅蕖何事亦離披？

回想當年我在此大宅作客，那時我大約廿六七歲，風華正茂。我和張審禮以及韓瞻皆是同科進士，同受到王茂元之禮遇。新科進士都會在曲江舉行集體宴會，朝廷大官和簪纓世家，都會在這個宴會上挑選快婿。我們三人也是在曲江宴會之後，而成為王府座上客的，用意明顯不過：我們皆有幸雀屏中選。果然不久，我們三人都成為其東床快婿，我娶得其最小又最美麗的女兒，這是我一生最歡愉之時光。但禍根亦在此時種下。

我成為王茂元之女婿，竟然觸怒令狐綯，認為我是投向敵營，斥責我：「忘家恩，偷利放合！」於是牛黨之徒視我如仇敵。令狐楚令狐綯父子對我之深恩，我是百世難報的。但我不是個結黨營私之人，李黨有我值得尊敬的人，也有我鄙視之輩；反之牛黨亦如是。我只不過：是其是，非其非，只此而已，豈有他哉！儘管我曾百般不斷地向令狐綯委曲陳辭，無奈不獲諒解。我終生因此而受到壓抑，飄泊潦倒。

即使如此，我絕不後悔和妳結縭。妳是朝廷命官之千金，自幼錦衣玉食，婢僕如雲。妳不嫌我清貧，委身下嫁給我之後，從此妳就要勞苦操作，粗衣糲食，而妳並無半句怨言，妳和我相濡以沫十四年。可惜我們聚少離多，為了生計，我不得不遠赴他方作幕僚，東奔西走，飄泊不定。連妳有病也得不到適當及時之治療，妳之染病早死，實與此和過度辛勞有關，是我對不起妳！是我辜負了妳！

但我也不怪令狐綯，只慨歎黨爭太過激烈，積怨成仇，兩派勢成水火，已到了公私不分，黨同伐異。正直之士被排斥，同流合污者，都是貪婪無恥之徒，朝政焉能不敗壞！劉蕡之被貶早死，除了鬱鬱不得志之外，他之憂國憂民也是原因。在這方面，我是他的知己。他在世時，我們對大唐之國是已無能為力，正是：「路去不逢青海馬，力窮難拔蜀山蛇。」宦官專權，黨爭不斷，藩鎮割據，邊疆日蹙，一切都走向衰敗，這就是大唐之國運。

當晚我就在此已半荒廢的大宅留宿，下榻之處正是我們新婚初期居住過的房間。前塵往事都在夜色中浮現了，當晚風和樹葉之間開始無盡的私語時，我彷彿又聽到妳的笑聲，妳的歌聲，妳那時是何其活潑快樂。妳是應該快樂的，妳畢竟是鎮守一方封疆大臣之千金，何其尊貴，生活何其美滿。妳最喜歡唱〈夜起來〉這首歌：「夜如其何？夜未央！」妳的彈琴更是一絕。妳曾對我說過，妳少女的時光就是在歌聲和琴瑟聲中度過的，當然還有詩。

妳既然喜歡歌唱，當然是更會喜歡詩了。妳說在未認識我之前，就已經愛誦讀我的詩歌，尤其是那些無題詩。妳說妳一直夢想自己就是這些無題詩中之無名女子，所有這些詩都是為妳而作的，想不到竟然會夢想成真，而且更有幸能成為我的妻子！回憶到這裡，我就悲從中來，淚如泉湧。為何上天對我如此苛刻？我雖有過人之才華，但一直貧苦困頓，對此我也無甚怨言，我明白：「古來才命兩相妨」，我只是憤慨：

為何上天不讓妳和我同偕白首？而過早地奪去妳年輕又美麗的性命！

此崇讓宅滿載太多的回憶，這些快樂的追憶卻又沉重得令人難以承受，因為每一個角隅都散落着妳的音容，妳的足跡，甚至妳的香氣：

密鎖重關掩綠苔，廊深閣迥此徘徊。
先知風起月含暈，尚自露寒花未開。
蝙拂簾旌終展轉，鼠翻窗網小驚猜。
背燈獨共餘香語，不覺猶歌夜起來。

正當我疑真疑幻的時候，我又清晰無誤地聽到「錚」的一聲輕響，那是我極其熟識的琴音，餘音裊裊，發自東壁之牆角。我心頭大震，狂喜不已，難道妳真的有靈，為我彈琴示意嗎？我忍不住邁步走過去，幽暗中一頭小鼠從案上急逃，又是「錚」的一聲。我在失望中啞然一笑，原來是鼠足碰到案上的琴弦而已。

妳有數張琴，此琴是妳小女時所常彈奏的。我拿起來，抹去塵埃。每一根弦線，每一吋的琴板，每一個琴徽，都佈滿妳的手澤和指印。琴腹刻有鑲了金線的銘文：「弦亢易斷，音悲傷神；穆穆虛籟，止水停泓。」如今人亡琴在，我捧着琴，追憶妳為我彈琴時的神情，妳的容顏，妳的眼神，妳的笑容，琴弦雖多，但絕不會妨礙妳的手指在其上輕盈跳躍。每一個細節，都一一呈現在我眼前……我又一次悲從中來，抱琴流淚。

我要追尋和妳相處過的地方，回味每一個快樂的細節，但每一次睹物思人，我又傷痛欲絕，難道歡欣過後，隨之而來往往就是哀傷？這一張琴每根弦線，都牽引着我們的華年，牽引着我對妳的思念，我快五十歲了，可惜妳這一根弦斷了……

錦瑟無端五十弦，一弦一柱思華年。
莊生曉夢迷蝴蝶，望帝春心託杜鵑。
滄海月明珠有淚，藍田日暖玉生煙。
此情可待成追憶，只是當時已惘然。

謫宦

三年謫宦此棲遲，萬古唯留楚客悲。
秋草獨尋人去後，寒林空見日斜時。
——劉長卿

乾元二年我被貶南巴，路過長沙。此地也曾是賈誼貶謫之處，我們同病相憐，怎能不到其故宅憑弔一下？其宅在城內郡廨之西，我沿着古舊城郭岸邊而行，愈走愈是荒涼。夕陽已是西下，城牆齒形的堞影咀嚼着無盡的衰草，也咀嚼着我孤獨天涯之身影。我突然感到無比的悲哀：我之身世已很不幸，為甚麼還要去找尋莫明的哀傷呢？是的，找到了賈誼故宅，只不過徒增哀思而已！

我停下來，考慮是否回頭走。王子猷雪夜乘船訪戴逵，經宿抵達其家門，卻掉頭不見而返，人問其故，答曰：「我本乘興而來，興盡而返，何必見戴！」王子猷是興盡而返，但我能逃避哀傷嗎？而哀傷只能面對，而且往往是孤單地面對。於是我繼續前行。

穿過一處疏林，賈誼的故居就出現眼前了。在夕照下更加落寞衰敗，住宅早已廢棄，孤伶伶地瑟縮在寒林之中。離屋不遠有一口井，相傳是賈誼所鑿，極小而深，上斂下大，其狀似壺。我俯視井內，雖然有敗葉，但仍然有水，可見壺中天地，反映天上浮雲。八百多年歲月在井內凝滯，但水中光景同時亦無聲地流逝：「閑雲潭影日悠悠，物換星移幾度秋。」

有人說井水與城外江潮相連，潮漲時井水亦會湧動。井旁有一足之石床，僅容一人坐，流俗相承云：誼宿所坐床。又有大柑樹，亦云是誼所手植。如今主人何在？「秋草獨尋人去後，寒林空見日斜時！」

古往今來，有多少騷人墨客，失意之詩人，曾在此徘徊流連，我只不過是其中一個過客而已，但我之悲哀是多重的，豈只是感懷身世，對人生之短暫，歲月之無窮，這才是無可逃避之傷痛：「前不見古人，後不見來者，念天地之悠悠，獨愴然而涕下。」

我進入屋內，黝暗中剎那之間彷彿回到古代。空梁落燕泥，又似有鴞飛入來，止於坐隅。楚人名鴞曰服鳥。於是賈誼憂傷地作〈服鳥賦〉：「單閼之歲，四月孟夏，庚子日斜，服鳥集余舍，止於坐隅，貌甚閑雅。異物來崒，私怪其故，發書占之，籤言其度，曰：野鳥入室兮，主人將去。」長沙卑濕，不利北人久居，又見野鳥入屋，賈誼以為命不久矣，乃作此賦以自廣，也是自傷。

其實賈誼謫居長沙只不過三年，而我之貶謫已逾三年，不知何時才能洗脫冤罪。我也曾像賈誼那樣感懷過：「愁中卜命看周易，夢裡招魂讀楚辭。」新年時思鄉更甚：

鄉心新歲切，天畔獨潸然。
老至居人下，春歸在客先。
嶺猿同旦暮，江柳共風煙。
已似長沙傅，從今又幾年？

何況賈誼之命運比我好得多了，他一直身居高位，得主上信任和重用，即使貶謫後，仍得到主上之召見，問及鬼神之事，至尊也不覺為之前席而靠近他。而回顧我之大半生，一直生活在顛沛流離之中。我雖然早有詩名，尤其是五言詩，有五言長城之美譽，但屢試不第，蹉跎逾十年，直至年近四十歲才中進士。而在此之前，我是要親友接濟才能勉強過活，以我耿介之本性，此屈辱感實不足為外人道。

說到我之詩才，有一段小事頗堪回味。我常參與詩友酬唱集會。有一日女道士李季蘭也在座，她有才有貌。見到我，笑着對我說：「山氣日夕佳。」這是陶淵明之詩句，她以之來取笑我有陰重之疾，眾人都掩嘴暗笑。來而不往非禮也，我也以陶淵明一句詩來回敬她：「眾鳥欣有託。」各人為之大笑不已。她為人放蕩不羈，不少詩人名士成為她之入幕之賓。她六歲時作詩詠薔薇，有句云：「經時未架卻，心緒亂縱橫。」其父悲曰：「此必為失行婦也」，後竟然如其言。

當我中進士入仕時，竟遇上安祿山作反，攻下長安，天下大亂，民不聊生，流離失所：「歸人失舊里，老將守孤城。廢戍山煙出，荒田野火行。」不僅是田園寥落，甚至到處都是空城：「古木蒼蒼離亂後，幾家同住一孤城。」在此亂世，我終於中了進士，又能有何作為呢？正是：「時艱方用武，儒者任浮沉。」而命運對我之捉弄，並未到此為止，後來還有更甚於此！

我南下避亂，出任長沙尉，在此偏安的情況下，即使是微不足道之小官，我仍克盡厥職，絕不苟且從事。我不特有詩才，亦有吏才，這也是我與其他詩人不同之處。所以我贏得有吏幹之譽。我要有所作為。而我之勇於任事，守正不阿，令同僚側目。我耿直之性格，更常常與同僚杆格不合，甚至忤逆上司，有人認為我之性格是：剛而犯上。其實我只是過於鯁直，不會唯唯諾諾，絕不諂媚奉承，凡事更不吐不快而已。

也就難怪我仕途蹬蹭，一直鬱鬱不得志，甚至屢遭陷害。有人曾好意勸告我：「做人要和其光，同其塵。這與同流合污有何分別？」此非我之品性。難道真的是：「獨醒空取笑，直道不容身？」

這也是我耿直之品性之故，終於遇上鄂岳觀察使吳仲孺。此人貪婪黷墨，此際亂世，他為了截奪上繳朝廷之錢糧，要我與他合謀，我嚴詞拒絕，於是他反而誣奏我：犯贓二十萬貫！這正是：「地遠心難達，天高謗易成。羊腸留覆轍，虎口脫餘生。」雖然我最終沉冤得雪，但仍然遭貶謫，世事之荒誕，莫此為甚：「冶長空得罪，夷甫豈言錢。直道天何在，愁容鏡亦憐。」在此貶謫中，來往於湘沅之間，心中積鬱難平：

大造功何薄，長年氣尚冤。
空令數行淚，來往落湘沅。

在此豺狼當道之亂世，我也曾想過掛冠歸隱，效法去追隨我一位姓王之故友：

故人滄州吏，深與世情薄。
解印二十年，委身在丘壑。
買田楚山下，妻子自耕鑿。
群動心有營，孤雲本無著。
因收溪上釣，遂接林中酌。
對酒春日長，山村杏花落。

但只是羡慕而已，遇難而退，絕非我之本性。正所謂讀聖賢書，所為何事？但求用世而已！何況親友資助我大半生，我怎能令他們失望？而我也必須對他們有所回報。正是：「唧花縱有報恩時，擇木誰容托身處。」所以我只有：「不能捐斗粟，終日愧瑤琴。」

但為官與遁世，依然一直在我內心交戰不已，尤其是遇到人事糾葛時，我內心就不期然想到：「如今漸欲生黃髮，願脫頭冠與白雲。」並嚮往於：「白首深藏谷口村，春山犬吠武陵源。落花芳草無行處，萬壑千峰獨閉門。」我固然是個守業之儒家，但骨子裡畢竟是個詩人，而這一個深層的矛盾，勢將永遠在我內心糾纏下去，直到我生命之終結！

夕陽在窗櫺間隱去，廢屋更為幽暗。我又彷彿見到賈誼在此伏案為文，他除了作〈服鳥賦〉之外，還作了〈弔屈原賦〉，追傷屈原之餘，亦是自諭：「恭承嘉惠兮，竢罪長沙。仄聞屈原兮，自湛汨羅。造託湘流兮，敬弔先生……」如今我亦作詩追悼賈誼，也是自傷和自憐：

三年謫宦此棲遲，萬古唯留楚客悲。
秋草獨尋人去後，寒林空見日斜時。
漢文有道恩猶薄，湘水無情弔豈知？
寂寂江山搖落處，憐君何事到天涯。

獄中

易求無價寶，難得有心郎。
——魚玄機

此幽暗的牢獄，唯一的光線來自這扇狹窄的小窗，也是我唯一能窺見外邊之處。在四面高牆的深院中，只有一株孤伶伶的樹，是我所能見到唯一的生機。避世山中的隱士有此詩句：「山中無甲子，寒盡不知年。」在牢獄中也不知日子之流逝，不過從此樹的變化，也可以略知一二。

我入獄時，樹葉發芽，那時是早春，後來有蟬鳴，那是夏日，如今枝葉凋零，已是秋天了。原來我在獄中渡過了三個季節。初入獄時，憑窗望月，曾有此兩句詩：

「明月照幽隙，清風開短襟。」但隨着時日的過去，出獄遙遙無期，京兆尹溫璋對我顯然不存好感，不要說脫身，我甚至是命懸一線，於是我的詩意完全消失了。

我身陷囹圄，完全拜我的婢女綠翹所賜。她與我的情郎李近仁員外有私情，這點我可以原諒，可能是男的做主動，男人都是風流成性。最可惡的是，她竟然向他洩露我有不育之隱疾，令我和他的好事告吹，而不育正是我最傷痛之處。

我在盛怒之下笞打她一頓，想不到她如此孱弱，不堪鞭笞而一命嗚呼，也許我在狂怒中下手是重了一點，這是她咎由自取，而我就成為殺人犯了。

其實事情之真正遠因，乃是我遭夫婿李億拋棄所引致。至今我依然對他又愛又恨。我在渡日如年的獄中，回憶就是我唯一的慰藉，而回憶往往是與他有關，我們的確過了五六年神仙般快樂的日子。

大中十二年，進士及第有三十人，李億是獨佔鰲頭之狀元！他可說是春風得意，就在這一年，他納我為妾，那年我只不過十五歲，他除了看中我的姿容之外，更欣賞我之才思。後來他得到河東節度使劉潼之關顧，他携同我入其幕府，頗受禮遇和倚重，於是我代夫婿向劉尚書獻此詩以申感激：

八座鎮雄軍，歌謠滿路新。

汾川三月雨，晉北百花春。
囹圄長空鎖，干戈久覆塵。
儒僧覲子夜，羈客醉紅茵。
筆硯行隨手，詩書坐繞身。
小才多顧盼，得作食魚人。

在幕府之幾年是我最快樂的時光，夫妻相處甚為歡洽，我們形影不離，到處有我們的遊蹤，但只維持五六年，他就對我冷淡了，更與我分手。理由是我沒有為他帶來子嗣，他的夫人只為他誕下兩個女兒，納我為妾，就是要我為他添男丁。既然我無所出，他就振振有辭另覓對象了，所謂不孝有三，無後為大。其實真正原因是另有新歡，貪新忘舊。

我聞說婦人多食蘼蕪，可以益男，於是我大量服用這種香草，但並無效果：「蘼蕪盈手泣斜暉，聞道鄰家夫婿歸。」人家的夫婿是回家了，但我的夫婿沒有回來。

他雖然已離我而去，但我對他念念不忘，寄詩給他：「飲冰食檗志無功，晉水壺關在夢中。秦鏡欲分愁墮鵲，舜琴將弄怨飛鴻。井邊桐葉鳴秋雨，窗下銀燈暗曉風。書信茫茫何處問，持竿盡日碧江空。」我提及在晉陽汾水的歡樂日子，盼望他念舊，但無魚上鉤，音訊全無也。

我對他的思念唯有不斷寄詩：「冰銷遠澗憐清韻，雪遠寒峰想玉姿。莫聽凡歌春病酒，休招閑客夜貪棋。如松匪石盟長在，比翼連襟會肯遲。雖恨獨行冬盡日，終期相見月圓時。別君何物堪持贈，淚落晴光一首詩。」沒有我在他身邊提點，我不忘勸他保重身體，不要貪杯和夜睡，與及希望能再相見。

我日日在高樓望江，等候他的歸帆：「楓葉千枝復萬枝，江橋掩映暮帆遲。憶君心似西江水，日夜東流無盡時。」想不到他如此決絕，人之無情何以到此田地，他有了新歡，早已把我忘掉了：「聚散已悲雲不定，恩情須學水長流。有花時節知難遇，未肯厭厭醉玉樓。」

也許獨守在空閨，只會困在思念之中，於是我成為女道士，開始了遠遊，以為遊歷可以淡忘了他；「閑散身無事，觀光獨自遊。斷雲江上月，解纜海中舟。弄琴蕭梁寺，詩吟庾亮樓。叢篁堪作伴，片石好為儔。」

但遊山玩水也無濟於事，我終於明白，要忘記他，要改變自己的心態才行：

自嘆多情是足愁，況當風月滿庭秋。
洞房偏與更聲近，夜夜燈前欲白頭。

當我決定要改變心態時，第一個我想起的人是溫庭筠，他是我最敬佩的詩人，亦是第一個欣賞我才華的人，當時曾常常指點過我的詩文，他比我大近三十歲，我將他視作嚴師、慈父、忘年摯友，但其間還夾着一種朦朧的情愫。在一個寂寞的初秋，我寄詩給他：

階砌亂鳴蟬，庭柯烟露清。
月中鄰樂響，樓上遠山明。
珍簟涼風着，瑤琴寄恨生。
嵇君懶書札，底物慰秋情？

一個嚴寒的冬夜我又寄詩給他：

苦思搜詩燈下吟，不眠長夜怕寒衾。
滿庭木葉愁風起，透幌紗窗惜月沉。
疏散未閑終遂願，盛衰空見本來心。

幽棲莫定梧桐處，暮雀啾啾空繞林。

寄出兩首詩都沒有回音，不知道他是否收到。

我最遺憾的生為女兒身，如果是男子，可以去應試，拾取功名，但反過來說，為何女子不可以考試呢？韓愈說過：「不平則鳴」，有一次看到了放榜及第題名，我忍不住就在其側題下此詩：

雲峰滿目放春晴，歷歷銀鉤指下生。
自恨羅衣掩詩句，舉頭空羨榜中名。

於是我主動結交異性朋友：

羞日遮羅袖，愁春懶起妝。
易求無價寶，難得有心郎。
枕上潛垂淚，花間暗斷腸。
自能窺宋玉，何必恨王昌。

是的，宋玉不是說過有鄰女登牆窺他，而令他心動嗎？只要主動和大方一點，又何必寂寞中怨恨薄倖之王昌呢？以我之容貌和詩才，自然招引不少狂蜂浪蝶，可惜大都是凡夫俗子：

恨寄朱弦上，含情意不任。
早知雲雨會，未起蕙蘭心。
灼灼桃兼李，無妨國士尋。
蒼蒼松與桂，仍羨世人欽。
月色苔階淨，歌聲竹院深。
門前紅葉地，不掃待知音。

即使是穿上女道袍，可以無拘無束到處雲遊，但能接觸到的人畢竟不多：「深巷窮門少侶儔，阮郎唯有夢中留。香飄羅綺誰家席，風送歌聲何處樓。街近鼓鼙喧曉睡，庭閑鵲語亂春愁。安能追逐人間事，萬里身同不繫舟。」孤獨地虛度光陰：「茫茫九陌無知己，暮去朝來典繡衣。空匣鏡昏蟬鬢亂，博山爐暖麝烟微。」

春天的來到只會令我倍感寂寞：

紅桃處處春色，碧柳家家月明。
樓上新妝待夜，閨中獨坐含情。
芙蓉月下魚戲，螮蝀天邊雀聲。
人世悲歡一夢，如何作得雙成。

才貌雙全的人畢竟少之又少，向我投詩的人大都其貌不揚，「大作」更不忍卒讀，於是我寫詩謝絕他們：

喧喧朱紫雜人寰，獨自清吟月色間。
何事玉郎搜藻思？忽將瓊韻扣柴關。
白花髮詠慚稱謝，僻巷深居謬學顏。
不用多情欲相見，松蘿高處是前山。

終於西鄰新居來了一位頗令我心儀的男子，向我投贈的詩作也清新可喜，我立即和韻大膽示意，並當晚向他乞酒借故親近：

一首詩來百度吟，清新字字叉金聲。
西看已有登垣意，遠望能無化石心？
河漢期賒空極目，瀟湘夢斷罷調琴。
況逢寒節添鄉思，叔夜佳醪莫獨斟！

可惜他又是一個逢場作戲之人，無法托付終身。也許我之大膽和主動，令他誤解我之為人，因而打退堂鼓。我又只好慨嘆：「易求無價寶，難得有心郎。」

皇天不負有心人，我終於遇上李近仁員外，他才貌雙全，難得的是他未有家室，他不計較我失婚和年紀略大，我已經二十六歲了！對女子而言，早已過了適婚之齡。他時常來訪相聚，詩酒唱和，我以此詩來表示欣慰和自喜：

閑居幾年作賦愁，王屋山前是舊遊。
詩詠東西千嶂亂，馬隨南北一泉流。
曾陪雨夜同歡席，別後花時獨上樓。

忽喜扣門傳語至，為憐鄰巷小房幽。
相如琴罷朱弦斷，雙燕巢分白露秋。
莫倦蓬門時一訪，每春忙在曲江頭。

當他表示有意和我雙棲雙宿時，我即以此詩向他表達歡欣：

今日喜時聞喜鵲，昨宵燈下拜燈花。
焚香出戶迎潘岳，不羨牽牛織女家。

於是他頻頻來我的家居，出入自如，後來我發現每當我不在家時，與我的婢女綠翹私通，當我提出要他履行婚約時，他直言不可能，理由是我有不育之疾，我怒斥他不可胡說八道，他坦白說是出自綠翹之口，這是公然承認與此賤婢有私情了。我一生之傷痛和不幸，都是由不育而起，於是滿腔怒氣都發洩在此賤婢身上，錯手笞殺了她。

在獄中幾個月來的痛定思痛，其實不育又有甚麼大不了，如果是真的愛一個人，又怎會計較？我望着鐵窗外深秋的冷月，日漸光禿的樹影更形蕭瑟伶仃，我輕唸着：

易求無價寶，難得有心郎。

故夫

日日青山上，何曾見故夫？
古詩渾漫語，教妾採蘼蕪。
——李季蘭

我自幼即喜歡唸這首古詩：「上山採蘼蕪，下山逢故夫。長跪問故夫，新人復如何？新人雖言好，未若故人姝。」既然舊人勝過新人，為何拋棄舊人呢？此純是男人貪新忘舊之劣根性而已！故此我對婚姻存有很大的疑問，更可以說是影響我的一生。我深沉地寫下此詩：

至近至遠東西，至深至淺清溪；
至高至明日月，至親至疏夫妻。

是的，我看透了男人的本性，與其任人擺佈，仰人鼻息，何不獨立特行！我此性格，自少即流露出來，五六歲時，父抱我於庭中，令我詠薔薇，其中有兩句云：「經時未卻架，心緒亂縱橫。」父大為惱怒，認為我日後必是失行婦。心緒亂就是失行？男子三妻四妾，還到處拈花惹草，就美名為風流！世間不平之事，莫此為甚。

有美貌亦自問亦有才華，因而不甘雌伏，我的確自恨為女兒身，若是男兒，我定必能考取功名，是的，為何女子不能應試？考取功名富貴？甚至妄說女子無才便是德！

於是我女冠羽服，不是潛心向道，而是可以無拘無束，和詩人文士唱酬交往。我對心儀的文士，以詩來直抒胸臆，毫不忸怩作態：

人道海水深，不抵相思半。海水尚有涯，相思渺無畔。
攜琴上高樓，樓虛月華滿。彈着相思曲，弦腸一時斷。

我對朱放之詩才和品格最為敬佩，他是江西節度參謀，其後詔拜左拾遺，赴任未就，忘懷得失，以此自終。風度清越，神情蕭散，我寄詩給他致意：「望水試登山，山高湖又闊。相思無曉夕，相望經年月。鬱鬱山木榮，綿綿野花發。別後無限情，相逢一時說。」可惜神女有心，襄王無夢。

我另一個好友是閻伯鈞，給他的送別詩大有深意：「相看指楊柳，別恨轉依依。萬里西江水，孤舟何處歸？湓城潮不到，夏口信應稀。唯有衡陽雁，年年來去飛。」其後他去剡溪，我又以詩相送：「流水閶門外，孤舟日復西。離情遍芳草，無處不萋萋。妾夢經吳苑，君行到剡溪。歸來重相訪，莫學阮郎迷。」他真的如阮肇那樣入天台山採藥，迷不得返。不過我的確收到他來書，但內容卻令我失望。於是我悵然地寫下此詩：「情來對鏡懶梳頭，暮雨蕭蕭庭樹秋。莫怪闌干垂玉箸，只緣惆悵對銀鉤。」

我對每一段感情都甚為珍惜，但遇上的都是逢場作戲之輩，也許女冠給人不莊重的印象吧，而我之狂放性格亦有以致之，這是獨立特行的結果。我渴望有人能托付終身，只是一次又一次的失望：「百尺井欄上，數株桃已紅。念君遼海北，拋妾宋家東。」

許多段感情都是有始無終：「心遠浮雲知不還，心雲並在有無間。狂風何事相搖蕩，吹向南山復北山。」而離別總是多於相聚：「離人無語月無聲，明月有光人有情。別後相思人似月，雲間水上到層城。」我就這樣送往迎來中蹉跎歲月：「朝雲暮雨鎮相隨，去雁來人有返期。玉枕只知長下淚，銀鐙空照不眠時。仰看明月翻含意，俯眄流波欲寄詞。卻憶初聞鳳樓曲，教人寂寞復相思。」

本來崔侍郎對我頗有好感，有意與我共偕連理，無奈他的功名心太重，非先要取得厚祿權位不可，然後才以高車駟馬來迎娶我，結果又令我年華虛度，我投詩向他勸告：「莫漫戀浮名，應須薄宦情。百年齊旦暮，前事盡虛盈。愁鬢行看白，童顏學未成。無過天竺國，依止古先生。」

我空有詩名，但形單影隻，有時我也會有些後悔，何必逞強好勝，安份守己，做一名歸家娘，有了歸宿，不是很好嗎？但人是不能事事如意的，每一個抉擇，都必然有後果，而後果又總是後悔的居多。

我的詩名上達天聽，我承詔入宮，已是年逾五十了，年老色衰而入宮，能有甚麼作為呢？如果我二十歲時有此恩遇，自然大大不同，可以和宮中眾美爭一日之長短，如今美人遲暮，入宮簡直是笑話，所以我全無驚喜，反而是頗為疑懼，我詩留別廣陵故人，即有此忐忑不安的心情：

無才多病分龍鐘，不料虛名達九重。
仰愧彈冠上華髮，多慚拂鏡理衰容。
心馳北闕隨芳草，極目南山望舊峰。
桂樹不能留野客，沙鷗出浦漫相逢。

入宮後我雖然得睹天顏，但僅只一次，以後即寂寂無聞，這種情況我早預料到，也不感到如何意外。但留在深宮之中，和其他宮女並沒有甚麼不同，完全失去自由，宮禁森嚴而寂寞，與我閑雲野鶴的性格大相逕庭，擔心就此老死在深宮之中，當初我入宮時的憂慮不是沒有道理的。

幸而過了一個多月，有旨將我放還，以為終於何以「逃出生天」時，更不幸的事就發生了，正當我打點行裝時，叛軍朱泚攻入長安，天子倉皇出走。朱泚自立為天子，許多妃嬪宮女都被叛軍污辱，不肯就範者則遭殺害。我也成為俘虜，由於我年紀大，又薄有詩名，得朱泚召見，幸免於難，不過要我獻詩給他。眼見不少故舊大臣，言辭文字稍不合其意，認為對新朝並不盡忠，即遭刀斧肢解，我怎敢不曲逢其意呢？乃獻上此極盡歌功頌德之詩，當時猶恐未能免於一死：

故朝何事謝承朝，木德應天火德消。
九有徒然歸夏禹，八方神氣助神堯。
紫雲捧入團霄漢，赤雀銜書渡雁橋。
聞道乾坤再含育，生靈何處不逍遙。

朱泚閱後甚為滿意，我將他頌為神堯，自然「龍顏」大悅。我不特免死，更獲賞賜。此詩廣泛流傳，但我一點也不高興，反而是憂心忡忡，除了詩不算好之外，更大的問題是很可能成為日後之「罪證」。

果然不久唐軍反攻，朱泚敗走，其後為亂軍所殺，他的帝王夢何其短暫。大唐天子復位，我的厄運就開始了，此詩就是我的罪證，我亦百辭莫辯。我被扣押在永巷，那是宮女犯罪之牢獄，等待發落，我知道我是凶多吉少，於是我在永巷中寫下此詩：

日日青山上，何曾見故夫。古詩渾漫語，教妾採蘼蕪。
鼙鼓喧城下，旌旗拂座隅。蒼黃未得死，不是惜微軀。

我沒有結婚，怎會有故夫呢？故夫乃是暗譬大唐，朱泚兵變，朝中君臣和將軍都逃得無影無蹤。留下我這一個女子在深宮中，有如是個棄婦，如何能自保？我連自殺也來不及。朝廷召我入宮，又置我於不顧，能怪罪於我嗎？此詩我寫得很婉轉，也是我的自辯書。

我在寂寞的永巷的拘禁中，默唸李白這一道詩：「美人捲珠簾，深坐顰蛾眉。但見淚痕濕，不知心恨誰。」我能恨誰呢？只能恨我是女兒身，為了能獨立自主而成為女冠，不依附任何人，但依然逃不了由人擺佈的命運。

雲英

鍾陵醉別十餘春，重見雲英掌上身。
我未成名君未嫁，可能俱是不如人。

——羅隱

自從我屢試不第，生計困頓，不得不向長沙湖南觀察使于瓌投書求助，一反我傲岸之本性，其中措詞低下之極：「……捫天莫及，跼地興慚。向浮世以傷懷，拊勞生而自喟。光陰不駐，齒髮漸高。當家貧親老之時，是失路亡羊之日。淚將欲盡，口不敢開……」幸而得其垂憐而入幕府，得其提拔，不及一年即授予衡陽主薄。

主薄之職雖然卑微，總算有一枝之棲。任職不及一年，我又急不及待乞假東歸省親，因為困居在長安屢試多年，已離家甚久。何況是「近者以江表歲飢，吳中力困，旨甘既闕，晨夕繫懷。」憂心老家「瓶甑不存」，成為餓殍。遂有不情之請。想不到又蒙應允，並且給予厚資，以壯行色。雖然說不上衣錦還鄉，可以說是「聊將自炫，粗可諱窮。」于瓌對我可說恩重如山。

途經鍾陵，參與宴會，席上有歌妓助興。其中一人竟然是雲英！她能歌善舞，大有名氣。我初次見她，是十二年前之事。想不到現在又再在同一地方相逢。技藝不減當年，但畢竟是十二年過去了，青春不再，美人遲暮，未有歸宿，依然以歌舞為生。

我們親切地敘舊，慨歎時光之流逝，時不我與。言談之間，她知悉我至今未能進士及第，撫掌笑曰：「羅秀才猶未脫白耶？」我無言以對。跟着她又應邀而去大展歌喉。

我不知她這樣說是嘲笑、關心、抑或是惋惜，但聽來十分之不好受。是的，我應試十多年，竟然未能釋褐，區區一個弄猴人孫供奉，由於能馴猴，就被賜以緋袍，食厚祿。我以詩慨嘆：「十二三年就試期，五湖煙月奈相違。何如學取孫供奉，一笑君王便着緋。」此詩刺痛了不小人。

我之詩名滿天下，眾口誦傳，名句如：「採得百花成花蜜，為誰辛苦為誰甜？」、「今朝有酒今朝醉，明日愁來明日愁。」、「時來天地皆同力，運去英雄不自由。」、

「只知事逐眼前過，不覺老從頭上來。」、「春色惱人遮不得，別愁如瘧避還來。」、「勸君不用分明語，語得分明出轉難。」、「花開花謝還如此，人去人來自不同。」、「芳草有情皆礙馬，好雲無處不遮樓。」、「西施若解傾人國，越國亡來又是誰？」、「雲中雞犬劉安過，月裡笙歌煬帝歸。」、「萬里山川唐土地，千年魂魄晉英雄。」

事實上許多如今流行的成語，皆是出自我的詩句，諸如：「瀝膽隳肝」、「壽陵忘步」、「張口掉舌」、「呵筆尋詩」、「昏昏浩浩」、「雪天螢席」、「蠻箋象管」、「雀喧鳩聚」、「蠹簡遺編」、「火耨刀耕」等。

但十二年來屢試不第。並非學藝不精，相反，我才高八斗，下筆千言。詩賦辭章莫不精妙。尤其是我的見識，橫空出世，見解獨特，絕非凡夫俗子所能了解，於是我恃才傲物。加上我好譏評人物，筆下常常嘲諷，不論是王侯藩鎮，高官大臣，甚至連鬼神都不放過。

我之好嘲諷，權貴對我恨之刺骨，正是自我造成士途之障礙。其次我容貌醜陋，亦是原因。即使進士及第，在授官職時，容貌和身軀也都在考核之列。太醜和身體有殘缺，都不會銓選。其實我之偏激，多少與貌寢有關。也許是互為因果，我其貌不揚，為人輕視，於是加強我憤世嫉俗，以諷刺來發洩。

我與李長吉何其相似。他也是才高貌寢，可能比我更甚，他的濃眉連結在一起，身體瘦弱萎縮，指尖細長，簡直就是一隻猿猴。元稹仰慕其詩名來求見，他劈頭第一句就不客氣地問：「名經元稹，何事來見長吉？」他特別強調「名經」此名位，表示對其輕視，因為科舉只有進士才受人尊敬。

元稹羞慚而退，從此懷恨在心。後來投靠宦官，得居相位，對李長吉報復，連試場也不准進入，因其父名「晉肅」，作為兒子怎能犯父諱而去考進士呢？雖然韓愈以鴻文為其辯解，亦無濟於事。於是李長吉鬱鬱而終，享年只有二十七歲。

我本來可以有美滿的良緣，和平步青雲。我常獻詩於宰相鄭畋，他也是詩人，所作之〈馬嵬坡〉膾炙人口：「玄宗回馬楊妃死，雲雨難忘日月新。終是聖明天子事，景陽宮井又何人？」其幼女也很愛詩，常誦我的詩篇，尤其是常在父前誦這兩句：「張華謾出如丹語，不及劉侯一紙書。」其父以為她愛才，為完愛女心願，有意招我為婿。於是召見我，命其女於簾下窺視。她得見我的「尊容」後，從此不再誦唸我的詩作了，婚事自然告吹。

友儕得知此事，替我感到可惜，也每每以此來取笑我，我答以：「以貌取人，失之子羽。」

以婚姻來作為進身之階，甚至能進士及第，時有所聞。裴筠就是一個這樣的「進士」！他議婚於宰相蕭遘之女，言定未幾，還未成婚，即擢進士第。我以此詩諷刺他：

「芙蓉繡褥暖融和，勝事相逢喜氣多。細看月輪還有意，信知青桂近嫦娥。」

進士定奪除了由權臣把持之外，主考官選拔也不見得公平，甚至是有眼無珠，我年年落選，於是以〈春風〉來諷刺他們：「也知有意吹噓切，爭奈人間善惡分。但是秕糠微細物，等閑抬舉到青雲。」我明知下筆雖可快意，只會觸怒他們，仕途更為渺茫，我天性是如此，奈何！

我之貌醜也危及我的求職。我曾與顧雲同謁淮南節度使高駢，顧雲為人風雅，於是獲得辟留，我唯有黯然告辭歸鄉，高駢設宴餞別。是時盛暑，有青蠅入座，高駢命人以扇驅之。得意之顧雲趁機譏諷我，曰：「青蠅被扇扇離座。」我剛好瞥見〈白澤圖〉釘在門扇上，於是應聲回答：「白澤遭釘釘在門。」白澤者，顧雲也，在坐的人都佩服我敏捷。

院友沈崧進士及第後，拿着新榜向我炫耀，我在紙尾題詩：「黃土原邊狡兔肥，矢如流電馬如飛。灞陵老將無功業，猶憶當時夜獵歸。」我以飛將軍李廣功高而不獲封賞自喻，我的詩名早已滿天下，閣下作為新進士，又有何才華可誇耀？以此挫其氣焰。

有一次我乘舟，有舟子相告有朝官同舟，問我會否與他相見？我輕蔑地說：「甚麼朝官，我用腳趾夾筆，也可以敵得此輩數人！」後來朝廷見我名高而無位，欲給我官職，為大臣韋貽範所阻，原來當日同舟的朝官就是此人。

還有一次，朝廷亦奇怪我為何屢試不第，認為我之才華可以直接賜我進士甲科，破格起用。眾大臣皆反對，奏曰：「隱雖有才，然褊急嘲訕，明皇聖德，猶橫遭譏謗，將相同僚，豈能免乎淩轢？」於是唸出我之〈華清宮〉詩作為罪證：「樓殿層層佳氣多，開元時節好笙歌。也知道德勝堯舜，爭奈楊妃解笑何？」

於是我之進士好夢又成空。詩賦辭章，日試萬言又有何用？畫餅不能充飢，祭社時無物可供奉，唯有此詩：

一盞清茶一望煙，灶君皇帝上青天。
玉皇若問凡間事，為道文章不值錢。

有時深夜自思，既然我不收斂事事嘲諷之性格，又何必汲汲於應試？夢寐以求進士？此兩件事，早已說明我能否得進士，完全與應試及才華無關，純是我的棱角太多太尖銳，刺人太多之故。於是此又聯繫到我貌醜！很可能是由自卑變成自大。這是我最深刻之一次反省，過後又不了了之，依然故我，並無收斂，依然頻頻應試，依然每次都鎩羽而回。

故此我十分佩服好友陸龜蒙，他應試一次落敗之後，即不再參選，他的才華不須由進士與否來決定，他淡薄名利。他除了有詩名之外，亦是淳厚之大儒，一生崇敬孔子，愛讀孔子所編之六經，尤其是〈春秋〉，他自稱：「好讀古聖人書，探六籍，識大義，就中樂〈春秋〉，抉摘微旨。」他取名龜蒙，即孔子故鄉的龜蒙山，其字望魯，即望孔子的故國，由此可見其為人，我尊稱他為「聖人之徒」也。我們惺惺相惜，都是懷才不遇。

高駢沉迷求仙，祠后土廟，其道徒惑言后土夫人要借兵馬，於是高駢率百姓以葦席千領，畫作甲馬之狀，於廟庭燒之。又以五彩箋寫〈太白陰經〉十道。置於神座之側。又於夫人帳中，塑一綠衣少年，謂之韋郎。韋郎即韋安道，傳說后土夫人主動嫁他。我作〈后土廟〉嘲之：

四海兵戈尚未寧，漫勞淮海寫儀形。
九天玄女猶無聖，后土夫人豈有靈？
一戴好雲侵鬢綠，兩層危岫拂眉青。
韋郎年少知何在？端坐思量太白經。

想不到高駢閱詩後大怒，派人追殺我。幸有人及時通風報信，我漏夜輕舟出境。逃過大難，從此不踏足其境。坦白說，我以詩諷刺他，多少亦是不滿他之以貌取人，留顧雲而捨我。

另一次厄難，也是寫嘲笑詩惹禍。我路過廣德縣橫山祠山張大帝廟，所謂張大帝者，是漢代人，姓張，名渤，傳說他化為豬以治水，郡人事之甚謹，戒不食豬肉。於是我題詩廟壁嘲之，首兩句云：「踏遍天涯路，平生不信邪。」

正要寫後兩句，突然手有被人拽起狀，但四周無人，跟着聞人語曰：「若後二句不佳，能折爾手。」我悚懼曰：「如不佳，甘照神語。」手遂如故，於是我續題：「祠山張大帝，天下鬼神爺。」

我之急才救了我的右手。

對於世俗之一般見解，我也大加嘲諷，諸如大雪兆豐年，我獨唱反調：

盡道豐年雪，豐年事若何？
長安有貧者，為瑞不宜多！

此時雲英唱完歌曲，與眾歌妓來勸酒，正如李白所說：「吳姬壓酒勸客嚐」。

我以此詩贈她：

金陵醉別十餘春，重見雲英掌上身。
我未成名君未嫁，可能俱是不如人。

進士及第稱之為「成名」。其實彼此「同是天涯淪落人」，又何苦互相嘲諷呢！不過，我可以預見，「雲英未嫁」此詩句，日後會成為成語為人引用，比「標梅已過」及「待字閨中」更為口語化而廣為流流傳。

籌邊樓

平臨雲鳥八窗秋，壯壓西川四十州。
諸將莫貪羌族馬，最高層處見邊頭。
——薛濤

經營了大半年，這座在成都府治之西宏偉的籌邊樓，終於竣工。太尉李德裕在此大宴賓客和將領。我也蒙叨陪末座。時值秋高氣爽，四望可極目邊陲，令人眼界和胸襟都為之大開。樓之四壁繪蠻夷險要，這是府主與習邊事者在此籌劃制策之所，絕非僅用作宴遊。

酒酣自然要賦詩誌慶，李德裕不特有將才，詩文亦可觀，事實上他之敬重我，就是欣賞我的詩才。在此盛會，我自然也一展身手，於是援筆寫下此詩以獻。李德裕大為激賞，傳閱於眾賓，眾人都一致拜服，珠玉在前而紛紛擱筆，他們都認為此詩絕無半點裙裾脂粉味，筆力雄健，氣勢磅礡，意境深遠，對某些人更是當頭棒喝。

是的，我這句：「諸將莫貪羌族馬」切中時弊，有感而發。事緣大和開成之際，其藩鎮統治無緒，恣其貪婪，不顧危亡，或強市其羊馬，不酬其值。從而挑起邊衅之事常有之。我此話是告誡諸將，不要違反軍紀，掠奪邊民。至於「最高層處見邊頭」，諸將要眼光放遠，邊塞穩固安定才是最重要。

李德裕鎮蜀，出任劍南西川節度使，即大力整頓軍備，加強邊防，派人繪製當地山川、城邑、道路、關隘等軍事地形：南入南詔，西達吐蕃，皆瞭如指掌。並日召老于軍旅，習邊事者，雖走卒蠻夷，皆不恥下問，做到知己知彼，自然能制敵致勝，西蜀自始安定。

李太尉除了和我唱和之外，我們還有一個共同的興趣，我們都喜愛花。他在洛陽的平泉山莊，搜羅天下奇花異木，並撰寫〈平泉山居草木記〉以記其盛。其中有從浙東移植過來的海棠梨，即海棠花，此樹視作奇樹嘉木。又作詩《春暮思平泉雜詠二十首》。而我亦善長種花，尤為喜歡菖蒲花。

李太尉初來鎮蜀時，即投我之所好贈我此「嘉木海棠」，我以此詩來答謝：「吳均蕙圃移嘉木，正及東溪春雨時。日晚鶯啼何所為？淺深紅膩壓繁枝。」我是將海棠在成都落戶的第一個種植者，也是第一個詠西川海棠之人！李太尉為何重視海棠，也就是甘棠，和贈我此木，他在〈平泉山居告子孫記〉如此說：「昔周人之思召伯，愛其所憩之樹。」《詩經．召伯．甘棠》：「蔽芾甘棠，勿翦勿伐，召伯所憩。」他見賢思齊，要施德政惠民也。

眾賓輪番向我敬酒，我亦來者不拒，除了我此詩的確寫得好之外，李太尉看重我也是原因，事實上我也許久沒有如此痛飲過了，自從年紀老了，已不大願意參與熱鬧的宴會。令我有些不快的是，敬酒者只稱讚我這首詩，對我的容貌沒有半句提及，這與以前是多麼的不同！難道年逾六十的女子就不再美麗了嗎？我自問至今仍然勝過不少比我年輕的女子，何況今日我特別刻意打扮：

長裾本是上清儀，曾逐群仙把玉芝。
每到宮中歌舞會，折腰齊唱步虛詞。

坦白說，我寧願他們讚賞我的容貌，而非我的詩作。但人畢竟是老了，六十一歲的女人最好還是認命了吧。而酒力也今非昔比，不及十盞我就頹然醉倒。

到我醒過來時，宴會早已散了，人也走了，只有我一個孤伶伶的老嫗伏在案上。也許他們不想驚動我，讓我酣睡一會。但酒醒時四顧無人，獨在高樓，那種被遺棄的感覺很不好受。時正薄暮，「暝色入高樓，有人樓上愁。」剛才之熱鬧，對比此時之寂寥，何況「美人遲暮」，許多前塵往事，都湧現在心頭。

第一個賞識我詩才的人是韋臯，他是劍南西川節度使，文采武略都很出眾，鎮蜀二十一年有大功，封為南康郡王，被譽為「諸葛武侯之後身。」當我及笄時，由於我有詩名，兼且儀容佳麗，他召我侍酒賦詩，對我寵愛有加。

我七八歲時即會作詩，我八九歲時，父親一日坐庭中，指井梧而吟詩：「庭除一古桐，聳榦入雲中。」要我續詩，我即應聲續之：「枝迎南北鳥，葉送往來風。」父聞之不悅，問父親有甚麼不對，他說用字及音韻無問題，只是內容對女子而言則不大好。我當時不明白。日後方才領悟，原來這是我的詩讖！

不久父病逝，母孀居，生活困難，我十五歲時，由於通曉音律，於是入樂籍以為生，幸得韋臯提拔，可以說是改變我的一生。他初見我時，考驗我的詩才，要我即席賦詩，我應聲吟出〈謁巫山廟〉：「亂猿啼處訪高唐，路入烟霞草木香。山色未能忘宋玉，水聲猶是哭襄王。朝朝夜夜陽臺下，為雨為雲楚國亡。惆悵廟前多少柳，春來空鬥畫眉長。」

他對我敏捷的才思大為激賞，從此成為他的座上客，侍酒唱和，出入車輿，詩達四方，名馳上國。於是許多有求於府主的人，都先與我接觸，甚至應銜命使車每入蜀，都先求見我，我收到的財物不可勝數，我曾飽嚐窮困的苦況，如今可說大富大貴，好不得意。

貪念人皆有，何況曾經歷年幼喪父無依之苦，而我也太不檢點，過於貪婪，有妒忌我的人向府主指控我納賄，韋皐得知後大為震怒，懲罰我到松州作軍中營妓，此事應驗了我小時續父作的讖詩，也是對我一生最大的影響，我由雲霄跌落到泥沼。我寫了這兩首詩，向他求宥，其一：「聞道邊城苦，而今到始知。卻將門下曲，唱與隴頭兒。」其二：「黠虜猶違命，烽煙直北愁。卻教嚴譴妾，不敢向松州。」

韋相公不為所動，於是我再接再勵向他寄《十離詩》。

〈犬離主〉：「馴擾朱門四五年，毛香足淨主人憐。無端咬着親知客，不得紅絲毯上眠。」

〈筆離手〉：「越管宣毫始稱情，紅箋紙上撒花瓊。都緣用久鋒頭盡，不得羲之手裡擎。」

〈馬離廄〉：「雪耳紅毛淺碧蹄，追風曾到日東西。為驚玉貌郎君墜，不得華軒更一嘶。」
〈鸚鵡離籠〉：「隴西獨自一孤身，飛去飛來上錦茵。都緣出語無方便，不得籠中再喚人。」
〈燕離巢〉：「出入朱門未忍抛，主人常愛語交交。銜泥穢污珊瑚枕，不得梁間更壘巢。」
〈珠離掌〉：「皎潔圓明內外通，清光似照水晶宮。都緣一點瑕相穢，不得終宵在掌中。」
〈魚離池〉：「戲躍蓮池四五秋，常搖朱尾弄綸鉤。無端擺斷芙蓉朵，不得清波更一游。」
〈鷹離韝〉：「爪利如鋒眼似鈴，平原捉兔稱高情。無端竄向青雲外，不得君王臂上擎。」
〈竹離亭〉：「蓊鬱新栽四五行，常將勁節負秋霜。為緣春笋鑽牆破，不得垂陰覆玉堂。」
〈鏡離臺〉：「鑄瀉黃金鏡始開，初生三五月徘徊。為遭無限塵蒙蔽，不得華堂上玉臺。」

此《十離詩》終於打動了韋皋，召我回成都，但不能再跟隨他左右了。我脫離樂籍，退隱於浣花溪錦浦里。數年之後，韋皋去世，劉闢乘機據蜀作反，渤海郡王高崇文平亂，授西川節度使，又封南平郡王，我向他獻詩作賀：「驚看天地白骨荒，瞥見青山舊夕陽。始信大威能照映，由來日月借生光。」

高崇文也頗敬重我，常邀我參與宴會，他是行伍出身，不能與我詩歌唱和。但和我倒也很融洽。有一次宴會間行酒令，他要行「一字協音令」，他說：「口似無梁斗」，我應之：「川似三條椽」，他說：「可惜有一條是曲的。」我回答：「相公為西川節度使，尚用一破斗，何況窮佐酒雜一條曲椽，何足怪哉！」

他聽了大笑，不以忤。他雖然位高權重，我深知他為人平和簡易，才敢和他開這個玩笑。

其後武元衡來鎮蜀，途經嘉陵驛時，他寫下〈題嘉陵驛〉：「悠悠風旆繞山川，山驛空濛雨似烟。路半嘉陵頭已白，蜀門西更上青天。」感慨蜀道之難。於是我向他獻詩續和：「蜀門西更上青天，強為公歌蜀國弦。卓氏長卿稱士女，錦江玉壘獻山川。」

武相國對我的續詩十分欣賞，我又成為他的座上客，與文士詩人唱和，其間我又向武相國獻上兩首詩，其一：「落日重城夕霧收，玳筵雕俎薦諸侯。因令朗月當庭燎，不使珠簾下玉鉤。」其二：「東閣移尊綺席陳，貂簪龍節更宜春。軍城畫角三聲歇，雲幕初垂紅燭新。」

他不單佩服我的才華，要提升我的地位，向朝廷奏請我為校書郎，這是第一個女子有此榮譽，也是前所未有破格之事，雖然未成事，而我之校書之名不脛而走，蜚聲天下，王建寄書給我即如此說：〈寄蜀中薛校書〉：「萬里橋邊女校書，枇杷花裡閉門居。掃眉才子知多少，管理春風總不如。」

說到各詩人才子，追逐我裙下大不乏人，但我只屬意元稹，他的年紀雖然比我小，不過我們都不計較。他眼高於頂，初次見我時即考我，我即席寫下〈四友贊〉：「磨潤色先生之腹，濡藏鋒都尉之頭。引書媒而黯黯，入文畝以休休。」他見了為之驚服，我們相見恨晚。

我們相處時日不多，不久他被召入翰林，中書舍人承旨學士，官運開始亨通。他寄詩給我：「錦江滑膩峨眉秀，幻出文君與薛濤。言語巧偷鸚鵡舌，文章分得鳳凰毛。紛紛詞客多停筆，個個公卿欲夢刀。別後相思隔烟水，菖蒲花發五雲高。」

我寄詩給他：「詩篇調態人皆有，細膩風光我獨知。月下詠花憐暗淡，雨朝題柳為欹垂。長教碧玉藏深處，總向紅箋寫自隨。老大不能收拾得，與君開似好男兒。」

此詩最後兩句，暗示我年紀已不少，不能再耽誤下去，而且其妻韋叢剛已病亡，我們可以正式結為夫婦，他似乎有些猶豫，也許他不能太過猴急，畢竟他對亡妻頗為情深，寫了好幾首感人的悼亡詩，我就給他一點時間好了。事實上我早已將他視作夫君。

其後元稹因彈劾大臣而被貶洛陽，接着又遠謫至江陵，我悲痛地寫兩詩來懷念他，其一：「芙蓉新落蜀山秋，錦字開緘到是愁。閨閣不知戎馬事，月高還上望夫樓。」其二：「擾弱新蒲綠又齊，春深花落塞前溪。知君未轉秦關騎，月照千門掩袖啼。」這兩首詩已清楚表白他是我的夫婿！而他也隱約其辭寫下此詩：「身騎驄馬峨嵋下，面帶霜威卓氏前。虛度東川好時節，酒樓元被蜀兒眠。」這個卓氏自然非我莫家屬，由此可見我們已默契成為夫婦了。

但元稹到了江陵第二年，即納妾安仙嬪，我雖然不高興，唯有啞忍，我應該是有正室之地位的。故一直等他正式來迎娶我。不久安氏亦卒，他沒有迎娶我，卻續娶了裴淑，暗示我可以作為其妾，我當然拒絕。

我婉拒了不少裙下追逐我之人，就是為了他，竟然落得如此下場，如果我肯屈居為妾，能夠和他在一起，仍可以稱得上是神仙眷屬，但我咽不下這口氣。經過此事，我清醒多了，也更了解他之為人，縱使他迷上我的姿容和詩才，從開始起根本無意納我為正室，年紀固然是原因，主要是他極為看重門第。

這由崔鶯鶯之事已可見了，他告別時向她表明心跡：「曾經滄海難為水，除卻巫山不是雲。」只待考取功名後，就迎娶她。但始亂而終棄，娶韋叢完全是仰攀韋家高門。及至韋叢病亡，他寫下傳誦一時之悼亡名句：「唯將終夜長開眼，報答生平未展眉。」以鰥魚自況，但不及兩年納安氏為妾，「終夜長開眼」云乎哉！

熱戀過後就是心灰意冷，我退隱於浣花溪，寄情於種植花草，特別是菖蒲，我愛其深紅色。而我也愛穿紅衣，用作排遣寂寞？溪間白鷺也見慣我寂寞的身影：「前溪獨立後溪行，鷺識朱衣自不驚。借問人間愁寂寞，伯牙弦絕已無聲。」

浣花溪人多以造紙為業，但其幅甚大，不便我書寫小詩，於是苦心精研自製為小箋，又是排遣寂寞之法？原來我的水井竟然是造紙最佳的水質，有如錦江濯錦，錦色特別鮮艷那樣，我又將小箋染成深紅色，用作書札及寫小詩，酬答雅士墨客，唱和達官貴人之緘函。他們都十分喜愛，紛紛向我求紙，稱之為「薛濤箋」，與我的詩名同而馳名天下。

我早已習慣了寂寞，年紀老邁，甚少出席酒宴。但李太尉籌邊樓之落成，我能謝絕其邀請嗎？而這首〈籌邊樓〉可說是我晚年之力作，亦足慰我老懷了，一時高興多飲了幾杯，竟然不勝酒力，無復當年之勇，醉倒在席間，酒醒時四顧無人，有被遺棄的孤獨感，況美人遲暮，尤其是又下起了黃昏雨，正是：

日暮酒醒人已杳，滿天風雨下西樓。

廢園

往年同在鸞橋上，見倚朱闌詠柳綿。
今日獨來香徑裡，更無人跡有苔錢。

——韓偓

一切都是發生在這大宅園林裡，我快樂的童年也差不多是在此度過的，還有一段刻骨銘心之戀情。這美好的記憶一直陪伴至我老年，也是我終生唯一之慰藉。此是舅父李執方之園林第宅，我少時常在這裡居住。對一個小孩來說，這大宅是一個奇異又神秘的國度，不要說園林之廣大，而且是長安有名之勝地，畜養異獸珍禽，水榭迴廊，池台亭閣，假山曲徑縈迴，而僅是屋苑內，就是個宏偉的迷宮。廊廡連接着廊廡，弄堂交錯着弄堂，無窮無盡的廳堂和房間，一個貫穿一個，每一個房間都有一個秘密，都值得去探索和發現。有些密室是我的小手無法開啟，又或是重門深鎖，這更引起我幼小心靈無限之遐想。

我無意中找到一間書房，四壁都是書，還有複壁，在這些重重疊疊的書山書海中，我是何其渺小，我震撼又敬畏，因為我自小就敬愛書籍。我家也有書，畢竟我父是個進士，但藏書遠遠比不上。書籍豈止是關乎主人之學養，也是財力之表現。舅父李執方當時是文宗皇帝金吾衛將軍，文武全才。

後來我讀到韓愈以此詩讚嘆一位藏書家：

鄴侯家多書，插架三萬軸。
一一排牙籤，新若手未觸……

只不過區區三萬卷而已，算得了甚麼呢，也值得大詩人發之吟詠，大書特書？連帶其主人也廣為人知，甚至青史留名？我進入了寶山，廢寢忘餐地盡情誦讀。此寶山影響了我一生一世，尤其是詩歌。

舅父雖然是武夫，但多與文士交遊，且樂於提攜和接濟貧寒士子。不錯，我父能成為河陽節度使王茂元之女婿，就是由他作合。其後他又作媒將王茂元之最小女兒，即是我母之胞妹許配給李商隱。成婚時未能找到居所，舅父就在此大宅借出南園內作為洞房。舅父之愛才和無私助人於此可見。我不特以父舅為榮，更多得他找到這位大詩人作為我的姨丈。

我自幼即讀了許多詩歌，尤其愛好姨丈之詩，並且極力模仿。即使至今我仍然以他為師，但無論如何用功，我也自知無法企及他，此關乎才力和稟性，我只能嘆句奈何！

我甚為喜歡他這首名為〈燈〉之詩：

皎潔終無倦，煎熬亦自求。
花時隨酒遠，雨夜背窗休。
冷暗黃茅驛，暄明紫桂樓。
錦囊名畫掩，玉局敗棋收。
何處無佳夢，誰人不隱憂。
影隨簾押轉，光信簟文流。
客自勝潘岳，儂今定莫愁。

固應留半焰，迴照下幃羞。

我也效顰地作了一首詠燈：

高在酒樓明錦幕，遠隨漁艇泊煙江。
古來幽怨皆銷骨，休向長門背雨窗。

慚愧得很，內涵和意境都相差甚遠。

姨丈還有十多首詠柳詩皆是我之最愛，諸如：

曾逐東風拂舞筵，樂遊春苑斷腸天。
如何肯到清秋日，已帶斜陽又帶蟬。

另一首：

章台從掩映，郢路更參差。

見說風流極，來當婀娜時。
橋回行欲斷，隄遠意相隨。
忍放花如雪，青樓撲酒旗。

還有一首：

動春何限葉，撼曉幾多枝。
解有相思否？應無不舞時。
絮飛藏皓蛺，帶弱露黃鸝。
傾國宜通體，誰來獨賞眉？

〈謔柳〉：

已帶黃金縷，仍飛白玉花。
長時雖拂馬，密處少藏鴉。
眉細從他斂，腰輕莫自斜。

玳梁誰道好，偏擬映盧家。

〈垂柳〉：

垂柳碧鬅茸，樓昏雨帶容。
思量成晝夢，來去發春慵。
梳洗憑張敞，乘騎笑稚恭。
碧虛從轉笠，紅燭近高舂。
怨目明秋水，愁眉淡遠峰。
小闌花盡蝕，靜院醉醒蛩。
舊作琴台鳳，今為藥店龍。
寶奩抛擲久，一任景陽鐘。

我也試作三首。

其一：

一籠金綫拂彎橋，幾被兒童損細腰。
無奈靈和標格在，春來依舊裊長條。

其二：

裊雨拖風不自持，全身無力向人垂。
玉纖折得遙相贈，便似觀音手裡時。

還有一首〈宮柳〉：

莫道秋來芳意違，宮娃猶似妬蛾眉。
幸當玉輦經過處，不怕金風浩蕩時。
草色長承垂地葉，日華先動映樓枝。
澗松亦有淩雲分，爭似移根太液池。

我初次見她就是在此第宅，當時我是十歲，她大約六七歲。那時正當盛夏，我在庭院中一株大槐樹蔭下納涼，蟬鳴反而顯得這裡格外寧靜。我無聊地觀看樹幹上為營生而忙碌的螞蟻，因而聯想到南柯太守的故事。對於一個因耽於閱讀而過於早熟的童子而言，人生在世和榮華富貴，都不過是一場夢，早已了然於胸了。

這時我聽到一聲極其輕微的嘆息，是從窗內發出的。原來窗前坐着一位小女孩，我只見到她的側面，大約六七歲，即使是如此小年紀，即使是側面，已是極其美麗。我怔怔地望着她，除了被她美貌吸引之外，亦奇怪她為何嘆息，其次這廂房一向無人居住，門窗深鎖，為何如今突然有人入住？

這時她轉過身來，我們四目交投，果然是個小美人，但美麗中夾帶着稚氣和天真，這樣的憨態是成年美女所沒有的。

「是冬郎嗎？你來呀！」她竟然知道我的小名，她招手示意我到她的廂房去。我有如在做夢，這個槐蔭下的夢，可能是另一個南柯太守之夢吧？

我受寵若驚地進入她的閨房，只見她蹙眉對着桌一個紫檀木奩具，這個奩具不見了環鈕，此環鈕有一個美麗的名字，稱之為金屈戌，欠缺了此物，就不能支起鏡台。我明白她為何嘆氣了。

「我頑皮的弟弟將之拔脫，又丟失了。冬郎，你可以把它修好嗎？」

「我送一個新的給妳好了。」我慷慨地說。

她搖搖頭說：「這是亡母之遺物，我不想將之丟棄！」

她這樣說我即時醒悟起來，原來她是李商隱姨丈的女兒，也就是我的表妹。她的母親最近病死，姨丈為生計將要遠行，於是將兩個小姊弟寄養於舅父家中，所以就住在這廂房，她的身世也很可憐。

「不要傷心，我立即為妳辦妥。」

我跑回家去，翻箱倒篋，找出好幾個大小不一的奩盒，將所有金屈戌都抽拔出來。終於找到適合的一件，將之修復好。她十分高興，說：「冬郎，我真不知道如何感謝你。相信我母親在天之靈，也會很多謝你的。」

我聽了甜蜜又心酸，訕訕地說：「舉手之勞，不必言謝。」但心裡的確有些忐忑，當家人發覺幾個毀壞的奩盒，追究起來，我是否能脫身？

她有些疑惑地問：「你知道我是誰嗎？」

「我當然知道，妳是我的表妹！」

「但你似乎不知道我的名字。」她狡黠地說。

「這個……」我有些窘迫。是的，我不知她的芳名。家人和長輩在閑談中，自然曾向我提及這兩姊弟之名字，當時我怎會放在心上。我心念一轉，隨即說：「無論妳叫甚麼名字，我只會叫妳做小山！」

「為甚麼叫我做小山？」她大感興趣地問。

「姨丈名諱商隱，別字義山。秦時四皓隱居商山，不肯出仕。到漢朝時為了穩固太子之地位，才出山義助，打消高祖易儲之念，太子得以順利登基，即是後來之惠帝。四名老人功成身退，不受封賞，返回商山隱居，所以商山又可以稱之為義人之山，四名老人真的義薄雲天。妳是義山的女兒，還有，而最為重要的一點是，卓文君的雙眉如遠看之黛色春山，妳的雙眉彎曲而細長，可與卓文君媲美，所以我叫妳做小山！」

她聽了為之眉開眼笑，也佩服我之敏捷和急才。

「很好，你以後就叫我做小山好了，而這個名稱只有你才可以這樣叫我。別人叫不得。」

我心中大樂。從此我更常來這裡，許多時我也會來這園林第宅住上十天八天，甚至一年半載，在這美好的境況，陪伴我除了那些書籍之外，就是這個美麗的玩伴。我們朝夕相對，耳鬢斯磨，大概這就是所謂青梅竹馬的日子了。不，她不會無聊地去弄青梅，我更不會騎竹馬那麼淺薄，她雖然只是七歲，但比我還早熟，這或許是慈母早逝，寄人籬下，身世飄零之故吧，何況她是大詩人之女，多愁善感，其來有自。

她常獨自一人在樓閣上，臨窗仰望着白雲而吹簫，這令我有出塵之想。我猜到她此刻想着甚麼，她一定是想到秦穆公的女兒弄玉，和夫婿蕭史常在樓台上一齊吹簫作鳳鳴，數年後有鳳來止，後來夫婦隨鳳飛昇而去。

她常常在窗下習字，我走近細看，原來她分別以篆書、隸書、楷書、行書和草書，重複地寫下這八個字：「既見君子，云胡不喜。」

那一年之十一月，冬天特別寒冷，對遠行的人而言，無疑是更加艱難和危險。姨丈將赴東川柳仲郢之幕掌書記，我父在家設宴為他餞行，我即席作詩向他送別，對於一個丱角童子，有此急才，一座盡驚。

後來姨丈有詩寄給我父，即是對我之讚賞，詩題頗長：

「韓冬郎即席為詩相送一座盡驚他日余方追吟連宵侍坐徘徊久之句有老成之風因成二絕寄酬兼呈畏之員外」。

我父名諱瞻，別字畏之。此兩首詩其一是讚許我為雛鳳：

十歲裁詩走馬成，冷灰殘燭動離情。
桐花萬里丹山路，雛鳳清於老鳳聲。

其二是給我父，當時我父亦有水路之行，他感慨此別不知何時能再一起聯句作詩。詩云：

劍棧風檣各苦辛，別時冬雪到時春。
為憑何遜休聯句，瘦盡東陽姓沈人。

得到大詩人之讚揚，乃是對我最大之勉勵。我更為加倍努力。不過至今我弄不清老鳳是指我父，還是姨丈夫子自道？又或兩者皆是。

想不到幾年之後，姨丈亦告病亡，享年僅四十五歲。我不單痛失良師，他也是我第一個知音人。他雖然進士及第，但仕途蹭蹬，只能在各幕府任書記，到處飄泊不定，與家人聚少離多，加上中年喪偶，日子過得淒涼孤獨。府主柳仲郢憐他一個中年男子獨居，生活上諸多不便，贈送一個歌妓給他作伴，但姨丈婉拒，他對亡妻情深義重，此生不會續弦了。

他之早死相信是與中年喪妻和鬱鬱不得志有關，他的一位好友有詩哀悼他：

虛負凌雲萬丈才，一生襟抱未曾開。

此正是他一生之寫照。

最令人心酸的是，他遺下兩名小孤雛，女兒十三歲，兒子僅十一歲。雖然有舅父家人悉心照料和撫養，但父母雙亡，孤苦伶仃，旁人也感受得到的，畢竟父母雙親之溫暖，天倫之樂，不是任何其他事物所能取代或彌補的。

我對小山更為憐愛，她曾這樣對我說：「除了她的弟弟，我就是她唯一的親人。」我也對她說：「我絕不會辜負她！」這是兩個小童之誓言，我至今不忘！

她到了十五歲，乃是及笄之年，這個所謂上頭的日子，正是在清明節。而清明前二日是寒食日，對女子而言，這是一個重要的日子，表示她已成年，可以婚嫁了。但我只得十九歲，還未到及冠。

清明女子打鞦韆是習俗，她躊躇不敢上，我明白，第一次是需要勇氣的，何況她是個很文靜的人。我鼓勵她，扶她坐上去，輕輕地前後推動來回地盪着。她快樂地笑着，很快就能掌握其訣要了，索性站起來，享受飛翔之樂，愈盪愈盪高，幾乎與橫竿平齊，反而是我高呼要她小心！

我仰望着她飄揚的衣裳，真的是：「風吹仙袂飄飄舉，猶似霓裳羽衣舞。」而她真的有如一隻飛鳳。她不時低下頭來對我微笑，除了感謝我之外似乎還另有深意，於是我唸起姨丈之名句：「身無彩鳳雙飛翼，心有靈犀一點通！」

她下來時有點立足不定，我忙扶着她，只見她額頭和鼻尖滲出晶瑩的汗珠，雙眉濕潤，散發奇異的光彩，真是如春山那樣嫵媚，喘息中呵氣如蘭。雙頰緋紅，艷麗得令人不敢迫視。是的，她已是個亭亭玉立之少女了！

我們到假山內的石凳坐下，我掏出一塊佩玉，玉是漢白玉，刻工則是近世，以陰綫勾畫出一個玉壺，和王昌齡之名句：「一片冰心在玉壺。」我對她說：「這是家母給我的玉佩，她說如果我遇到鍾情的女子，就送給她，作為定情之人物。我一直很想送給妳，但一直等到今天，到妳及笄之日，才是最恰當的時刻，希望妳接受。」

她本來一直含羞地低着頭，這時抬起頭來，接過我的玉佩，堅定地說：「冬郎，我接受！」

我喜出望外地捉着她雙手。過了好一會，她微微掙脫我的手，說：「我也有東西送給你！」

她掏出一個香囊，繡有「冬郎」這兩個字，這是她親手編織之物。我高興得說不出話來，原來她也早已決定在今日送這個香囊給我，作為定情之物，我們真的是心有靈犀一點通。

於是我對她說：「小山，到我及冠之年，我就會去應試，進士及第之後，就娶妳為妻！」

「以你之才華，一定能高中進士的！」她滿有期待地說。

對於這個重要的日子，其後我寫了幾首詩給她，也是我們定情後之密語記錄。因為不想他人知曉，故意隱晦其辭。其一是她開始時對鞦韆之躍躍欲試：

澹月照中庭，海棠花自落。
獨立俯閑階，風動鞦韆索。

其二是已有行動，但未能下決心：

兩重門裡玉堂前，寒食花枝月午天。
想得那人垂手立，嬌羞不肯上鞦韆。

是我鼓勵和扶持才敢踏上第一步，從此愛上這玩意。是的，除了讀書寫畫，彈琴弈棋之外，女子最佳之活動莫如打鞦韆了。

其三是鞦韆：

池塘夜歇清明雨，繞廊無塵近花塢。
五絲繩繫出牆遲，力盡纔瞵見鄰圃。
下來嬌喘未能調，斜倚朱欄久無語。

還有一首寒食夜：

惻惻輕寒翦翦風，小梅飄雪杏花紅。
夜深斜搭鞦韆索，樓閣朦朧煙雨中。

她的形象和鞦韆已綰結在一起。我們不便公開戀情，尤其是對她而言。即使是父母雙全，婚姻大事，作為女兒也是無法作主的，何況她是寄人籬下。我唯有盼望快些長大成年去應試，對於進士此桂枝，我認為是不難攀折的。

那一年的深秋，她在閨房內之秋思的神情，我為她作下此詩：

碧欄干外繡簾垂，猩色屏風畫折枝。

八尺龍鬚方錦褥，已涼天氣未寒時。

我對此詩十分之得意，她讀了也甚為激賞，但隨即有些擔憂，我問她為何發愁，她說：「冬郎，若是取士只考詩賦，你必然取録，但應試還有別的科目，諸如經史，策論，書判等，對這些學問你似乎不大留意。才高如白居易，韓愈，聽說他們在試前都非常刻苦用功，甚至到寺院居住，心無旁騖地攻讀，也要多次應試才能及第，你也應該見賢思齊。」

我聽了悚然而懼，其實我對自己的優點和弱點何嘗不知。她又說：「況且我們都已長大了，不能太過親近，這會引起別人之閑語的。冬郎，你要體諒我之處境。」

她的意思明顯得很，是要我多些在書籍上用功，少些來見她。她的確說得非常之合情合理又透徹。但我內心別有一番滋味，又有說不出之愁苦。但無可否認，她之洞悉世情，而且是為我們未來作出策劃，我又怎能有異議呢？

她輕撫我的手背，安慰地說：「冬郎，既然我們已定了情，我就是你的人，希望你行冠禮時就能考取進士，那時我們相處的日子還會少嗎？」

「妳說得對，我決不會令妳失望！」

有此默契，從此之後，我就閉門用功苦讀，極力壓抑着不去見她。而她那一番話，乃是對我最佳之鞭策。大約過了將近一年，我快要行冠禮了，但相思之苦，令我再也按捺不住，前往探望她，隔了那麼久，她應該不會怪責我吧！

令我震驚的是，她竟然不在，打聽得知，原來她已被北方某豪家娶走了！我悲痛得無以復加。我深信她絕不會背負我，而是身不由己，她無法通知我，或向我求助，甚至連見我最後一面也不能夠！一個寄人籬下的小孤女，真的是孤立無援，任人擺佈。

其實即使當時我得知，也是無法阻止的。我未成年，韓家不要說無權無勢，就連財力也欠缺。只要是大戶人家，舅父也會贊成這婚事的，何況是可以成為外援的豪家！

我在槐樹下失魂落魄地徘徊，仰望那一扇又復緊閉的窗戶，與及她常常獨自吹簫和彈琴的閣樓，如今人去樓空，這真的是南柯一夢嗎？於是我唸起姨丈的一首詩：

高閣客竟去，小園花亂飛。
斷腸未忍掃，所得是沾衣。

我到了及冠之年，但沒有去應試。沒有了她，功名富貴又有何用！我在追憶中度日，想念她每一個細節，將和她在一起的時光，寫成不少詩篇，竟然超過一千首！當然我要隱去她的姓氏和真相。

如今我才明白為何姨丈寫了那麼多的無題詩，題目和詩意都晦澀難明，我猜那是姨丈年輕時鍾情的一位女子，而這女子的身分是不能暴露的！原來我和姨丈同病相憐，我不僅仿傚他的詩體，連我們的初戀也相同：有情人都不能成眷屬，唯有將刻骨銘心之戀情，訴之吟咏以抒思念。

我的詩以綺麗來掩飾我之深情，以精煉鏤刻來呈現她瞬間之美態。我是從宮體詩中另闢蹊徑。我這些美艷之詩篇，從朋輩中流傳開去，逐漸廣泛傳播，酒館旅舍，粉牆椒壁，斜行小字，往往寫上的都是我這些詩作，甚至有樂工配入聲律，歌妓爭相歌唱，竟然可媲美於王昌齡！

在家人催促之下，我到了二十五歲才去應試。我並非全力以赴，落第是意料中之事。其後我多次應考皆鎩羽而回，我已錯失人生最佳的時機了！直到四十八歲時，我才能登進士第。這差不多是我之暮年，人生美好的時光早已消失了！

我慨嘆：「四時最好是三月，一去不迴唯少年。」為甚麼是三月？那是我們定情的月份！而少年才是我一生人最快樂的時光。

其實，何止是我丟失了美好的時光，大唐之國運也如江河日下。在我三十九歲之時，黃巢叛軍攻入長安，一切美好之事物都消失了，舅父早已身故，此園林第宅已非他所有，杜甫不是如此地慨嘆過嗎：「聞道長安似弈棋，百年世事不勝悲。王侯第宅皆新主，文武衣冠異昔時。」

我再不能進入此大宅，只有望門興嘆。多年後來我又重來時，終於能進入此園林大宅時，經歷多次戰亂，早已變成廢園！所有美好的東西都消失了，連園主也沒有了。

黃昏中我躑躅於頹垣敗瓦之間，池沼乾涸，荷花枯死在泥濘中。其實這廢園正是大唐之縮影，一切都走向衰敗，大唐也走向衰敗，最終也會成為廢園。姨丈生前已有此預感了，因為歷經數十年之牛李黨爭，真的禍國殃民，而天子廢立由宦官操控，朝政糜爛，藩鎮割據，故寫下此詩：

向晚意不適，驅車登古原。
夕陽無限好，只是近黃昏！

其實遠至開元天寶所謂盛世，李白已獨具隻眼看到危機了。宦官高力士竟然拜封為大將軍，連太子也要仰其鼻息，朝政敗壞。此開啟了宦官坐大和干政之先河。

藩鎮又尾大不掉，尤其是安祿山，獨領三鎮，權力和兵力無人能制。詩人是敏感的，能在太平中看到險象，豈只是悲秋傷春那麼簡單，於是李白寫下此千古之詩詞：

簫聲咽，秦娥夢斷秦樓月。秦樓月，年年柳色，灞陵傷別。樂遊原上清秋節，咸陽古道音塵絕。音塵絕，西風殘照，漢家陵闕。

漢家陵闕者，唐家陵闕也！果然，安史八年之亂，動搖了唐朝之根基，逐步走向沒落。

在瓦礫中我終於找到她曾居住廂房和閣樓之遺址，也早已夷為平地，無法辨認，幸而那株大槐樹依然無恙，真的是樹猶如此，人何以堪！茂盛如昔，正是：「庭樹不知人已去，春來還發舊時花！」

如今只剩下回憶，但我吟詠她的千多首詩，在戰火中已丟失了，到了這個年紀，我無法憑記憶亦無力去再寫，唯有稿失而求諸野，「天涯逢舊識，或避地遇故人」向他們索取我的舊作，如果他們有抄存或能記上的話，即使吉光片羽也是好的。

大唐天子始終不能擺脫輪番受制於宦官和強藩此宿命。主上雖然視我為心腹，但我獨力難支，何況沒有兵權。他急於要盡數誅滅宦官，這是不可能之事，他們會絕地反撲。只須懲治幾個罪魁禍首，和一些桀驁不馴之輩，安撫其餘的人就足以解決，亦較易辦，事實上，他們有許多人罪不至死，宮中也需要這些人來辦事。對我的勸諫主上深以為然。

我之獻策可惜未及時施行，或無法施行，局勢急速惡化，宦官韓全晦等聯同李茂貞逼帝幸鳳翔，朱溫來爭奪，圍城數月，最後李茂貞殺韓全晦等宦官來和解。從此帝受制於朱溫，受到的脅迫比宦官更大，禍害也更大，宦官只是驕横而已，朱溫則覬覦帝位！主上常獨自召我議事至深夜，朱溫又忌又恨，將我貶為濮州司馬，離京時，主上執我手流涕曰：「我左右無人矣！」

我被一貶再貶，由濮州司馬貶至榮懿尉，再貶至鄧州司馬，遠離京師，近於瀕海邊隅，我索性掛冠。我離開京師之後，朝中大臣幾乎被殺戮殆盡，能留下的都是趨炎附勢無恥之徒。其間朱溫為了攏絡人心，曾三次召我回朝，許以高官厚祿，我雖然貧病交迫，但恥食其祿，同時亦是不忍心會目睹篡弒之出現！因為這是早晚之事。果然不久，朱溫弒帝而自立，唐室終於成為廢園！那一年我已是六十三歲。

我心中一直長存着這兩座廢園，這是美好事物失落後唯一之回憶。經過我之追記和友好四方八面的回贈，我終於收集到近百首我的舊作，雖然不及原來十分之一，此碩果僅存，已彌足珍貴，她美麗之形象又鮮明地在我老眼昏花中活躍起來。我將這些舊作結集，題為「香奩集」。為何用此名，因為內容全都是描繪這個美麗的少女，還有更深的含意，是這具香奩開始了我和她之情誼！集成之後，我寫就此詩：

緝綴小詩鈔卷裡，尋思閑事到心頭。
自吟自泣無人會，腸斷蓬山第一流！

是的，她就是蓬萊仙山眾仙女中最絕色之仙女！

晚年我更加窮愁潦倒。王審知曾向我招手，派遣特使來游說我入幕。他割據一方，本可以奉唐正朔，和伺機復唐的。但他卻向朱溫伏首稱臣。我不齒他的為人，又怎會為他效力，更不願同流合污。是的，一切美好的東西都消失了，而貧病正如衰老那樣無可逃避的，但我安於貧賤，因為有兩座美麗的廢園長在我心中。最後我唯有寄居於南安之龍興寺，也是我最終之歸宿。

週期性憂鬱——

十七歲金色的足印之一

一

我大概是患上一種週期性憂鬱症，每到一定的時間，我即陷入近乎絕望的灰色的陰影裡，這時期一種崇高的古典的情操就包圍着我，我遂愛上衰頹的東西。於是我放下一切，跑到墓園去徘徊或憑弔一番，唯有死亡和絕對的孤獨才可慰我寂寥。

潔白的大理石的墓碑，反射出極其強烈的陽光，而陰影和陽光的輪廓非常清晰，黑白分明得如剪紙，令人有進入時間靜止永恆中去的感覺。我坐在一座墓石上，看着自己的影子，這是十七歲憂鬱的影子，我也成為一尊雕像了，這不就是羅丹的《沉思者》嗎？於是我有一種寂寞的喜悅。我掏出里爾克的詩集《時間之書》，在陽光下我低聲地唸着：

「時間怎樣俯身向我啊，將我觸及，以清晰的金屬般的拍擊。我的感覺戰慄着，這有所形成的一日，我將它握緊……」

突然間一隻柔軟的手搭到我的肩頭，我還來不及轉過頭來時，一陣清麗的聲音響起：「思話，你終於來了！」

我疑惑地站起來時，這個美麗的女孩子失神了好一會，她失望的眼神掩蓋錯認人的尷尬。她咬着唇，轉過頭，似是不想我見到她晶瑩的眼睛逐漸溢出的淚水。

「我像他嗎？」

「簡直是一模一樣，尤其是側面和背影！」

「他約了妳在這裡見面？」

她沒有回答。

「也許他在另一邊等妳。」

她搖搖頭。

「他失約？」

她依然不答，跟着轉身跑開，這次輪到我失神地呆站着。

二

第二日我又到墓園去。於是又遇到她，我們對望了一會，她微笑一下。

「他又約了妳嗎？」

「沒有。」

「妳為甚麼來這裡呢？」我好奇地問，難道我們是同道中人，都患週期性憂鬱症，又都來墓園來排遣？其實一般少年男女的約會，又怎會以墓園來相見呢！

「半年前，我們在這裡相遇，我們都攜帶了一本詩集。我們真是物以類聚！於是我們就此結識了。那天就他正坐在的你昨天所坐的墓台，他唸着艾略特的《荒原》，然後輪到我唸龐德的《詩草》。以後我們每隔三四天就在這裡相見，大家都沒有事先約定，彼此根本連姓名也不知道。我們每次見面都攜帶一本小書，必定是詩歌或小說。這樣過了三個多月，那是我們最後的一次見面，他帶來了一本卡夫卡的小說《變形記》，我則帶來了濮斯的詩集《旅途》。當他唸到Ｋ變成一條蟲，被拋棄之後就此打住，問了我的名字，我們直到這時才交換姓名，然他說道：「我們彼此都犯了錯，我們要堅強地改正過來，所以我們要離開這裡一段時間，說不定何時才會再見，但我有一天必定會回到這裡等妳。」他說完就離去，像士兵那樣大步走開，我們都沒有回頭回顧。此後就一直不見他現身。」

「妳依然每隔幾天都來這裡守候？」

她點點頭。

「妳何必守約呢！」

「不！不！我們根本就沒有協約。」

此時陽光強烈得使人難以睜開眼睛，每一個拱形的墓碑都是一個記憶的表記，天使的雕像和十字架的投影，剪紙般貼在潔白無瑕的大理石地上，縱橫交錯地構成奇異又神秘的圖案，若然能破解，就能參透死亡和時間的秘奧。

「你也帶來一本詩集？作者是誰？」

「里爾克，《給奧菲士的十四行》。」

「唔，很好，奧菲士神奇的琴聲，一定能喚醒這裡所有的亡魂，請你唸給我聽。」

於是我唸出：「不要建立那紀念的碑，就讓玫瑰每年開花，這因為奧菲士……」

她斜靠墓石上，浸在陰影中，我則站在陽光中：陰陽割昏曉。我像巫師唸着咒語，大理石反射着的陽光有如利箭，刺痛我的眼睛，阿波羅要懲罰我挑戰他的豎琴？我依然勇敢地唸下去，也許是在拯救她，或是拯救我自己，總之對某些靈魂是會有所慰藉吧？

三

我不知第幾天到墓園去，總之差不多每次都和她在一起。我週期性的憂鬱已過去了，生命力恢復過來了，簡直渾身是勁，我依然到墓園去。為的是要見她。她仍未出現。我像松鼠那樣到處奔跑，有如孩童追逐自己的影子，要追回久已失落的童年？但童年的果臉和笑聲在哪裡丟失了的呢！

不久，她出現了，雖然我看不清楚她臉孔的神情，但我知道她對我怪異的行為一定十分訝異。這只是瞬間而已，她猶疑了一會，也朝我這邊我跑過來，由此可見，人是會互相感染的。為了迎接她，我劈開雙腿站着，雙臂張開。

她向我奔來，長髮飄動，白衣飄動。近了，更近了，向我伸出雙手，這是我期待已久的雙手，是羅丹精心雕琢的奉獻的雙手。當我們指尖一接觸，立即十指相扣，互相緊握住，由於她的衝力，我們團團地轉了兩個圈才能站定，我們雙手仍然緊握着。

「我叫思岸。」

「我叫黛思。」

直到這時我們才通姓名。兩思交接，何其巧合！啊，不要忘記，她期待的人，就是叫思話呢！

「黛思，讓我們離開這裡吧。」

「為甚麼？」她的語氣有反抗意味。

「這裡不好，這裡只見到死亡。」

「這是我們最終的歸宿。」

「我們春秋鼎盛，來日方長，何必這麼快就要面對甚麼歸宿呢。」

「我不會離去的。」她固執地說，並且甩開我的雙手。

我沉默了好一會才說：「妳仍然要等他？」

她點點頭。

「聽着，黛思，我們三個人：妳、我、他都錯了！他說對，當我們發覺犯錯之後，應該立即糾正過來。這是實實在在的。而且他也許不會再出現，這事實妳也應該要考慮到。」

「我來這裡不一定是在等他，我和他並沒有協約過，正如我和你也沒有立過約。但我相信他有一天會出現的。」她說得自信又固執。

陽光白得出奇，似乎所有的陰影都消失了，我感到有如在舟上般的暈眩。

就在這時鐵柵的門口出現一個人影，大踏步向我們走過來，我逐漸看清他的身形和容顏，他簡直就是我的倒影，人有相似，但不可能相似到這個地步！這是不真實的，這是我的幻覺而已。福樓拜不是說過：世上沒有兩片相同的樹葉。

她得意又驕傲地說：「你看，他終於出現了，他就是思話！」

我一動也不動地看着他們，這根本就不是真實的。現在我分得出陽光和陰影了，我對自己說：「我終於發現自己的過錯了，應該堅強地糾正過來。」

於是我轉過身去，堅定得像士兵那樣大踏步朝他們相反的方向走去，頭也不回。告別墓園，告別我十七歲憂鬱的影子。這有所形成的一日，我將它握緊。

寂寞的長堤——十七歲金色的足印之二

我是個寂寞又慣於耽溺於孤獨的女子，黃昏時我在靜寂的長巷躑躅，為的是傾聽自己的足音，和諦視自己單獨的身影。我細心觀賞破泥牆而出的一朵小花，如果一朵花就是一個世界，這就是我世界的全部了。此為人忽視的小花，可以存活多久呢？但無損它的美麗，它比所羅門王的袍服還要華美，還要尊貴。檐前的雨絲和滴水交織成的網，就網住我在悵望中之十七歲蒼白的歲月。

我常常在不眠的晚上仰望深邃的夜空，那些往往以十億年計的星光，以及整個銀河系和所有的星座，從亙古以來，即以高速向四方八面飛馳而去，星與星之間是永遠的告別，再會無期，永無盡頭，這樣的距離，是無法用寂寞或孤獨來量度的！

我的宇宙又何其廣大無垠，對生命的渺小又短暫，這是個不能調解之矛盾，我不知感到欣慰還是悲哀，光年何足道哉，而對我而言，每一瞬間都是萬古之寂寥，無法向人訴說！

我還是將注意力關顧於微小的事物上去，這樣我才有所寄託和依附，才可安心立命。詩人說：沒有事物是渺小的，直到我感知了它。於是我發現一道奇怪的長堤，它一直往海中心伸延開去，盡頭突然打住，彷彿是工程就此中斷，廢棄了，不再興建，其後也就被人遺忘。它不可能是個碼頭，這倒符合一個傳說：秦始皇要渡海，有神人為他鞭石前行，石行稍慢，神人鞭石至出血，但不知怎的突然停止了，秦始皇沒有興趣再向前行？於就遺下這道長長的孤伶伶入海的長堤。

這道人跡罕至的長堤，就成我流連光景的好地方。堤石在海水的沖刷下，成為鐵銹色，在夕照中有如一艘廢船，我就是廢船上孤獨的旅客，唯一的倖存者，等待救援？我常常站在長堤的盡頭，迎風而立，遙望水天交接之處，在晴朗的日子，我可以看得極遠，我期待着甚麼呢？我有甚麼可以期待呢？

於是我看到海市蜃樓，亭台樓閣和衣冠人物。那是屬於古代的景象，水氣和霞霧不可能折射逝去的時光，那只是我的幻覺而已！我真是個流連光景惜朱顏的人，由此可見我寂寞至不可救藥之地步了。不過詩人也早已說過：「雲深結海樓」和白雲蒼狗之嘆，一切都是變幻不居，境由心生而已。

其實我不必極目遠眺，俯視長堤下之海水，就足以引起我無窮的幻想了。晉代有人曾在水邊聽到水中有音樂聲，於是點燃犀角，就照見水底下有許多千奇百怪之生靈，鼓吹奏樂，是多麼奇異的水中世界！我向水中寂寞地揮手，似是對海底幽靈問候致意，其實乃是我自己十七歲落寞的倒影而已。

風平浪靜時，水光瀲灩，在日照下奢侈地漂流着金箔。這是最華麗最慷慨的布施，我就是唯一的受福者了，又有誰來和我分享呢？當風起浪湧時，白浪狂潮不斷沖擊長堤，是伍子胥向我訴說其千古之冤情！是的，每當暴風雨降臨，我穿起黃色的雨衣，走到長堤的盡頭，獨立在昏天黑地中，接受暴風雨的鞭打和洗禮，我究竟要追求甚麼呢？這真是個很詭異的景象！我多麼渴望有人用鏡頭拍攝下此情景，讓我能以第三者的眼光，來看這個在暴風雨中，屹立在長堤穿黃色雨衣的女子。

在風和日麗時，在這裡最適宜讀尊福爾的小說，我坐在堤邊讀完他的《集蝶者》、《魔術師》和《法國中尉的女人》。當讀完他的第三本小說，闔上書後，我沉思我正是書中之人物：一個十七歲的少女有中年女子的思想和感受，一點也不奇怪。而就在這時，一輛電動的輪椅向我這裡緩緩地駛來，原來是個不良於行的女子。這是我首次見到有人來此廢棄的長堤，令我有空谷足音之感，看來我和她都是寂寞又孤獨的同道中人吧。

我們沉默地互相打量一下，不無互相欣賞之意。她瞥見我手中尊福爾之《法國中尉的女人》的小說，於是訝異地問我：「小姑娘，妳有一個傷心的故事？」她竟然稱我為「小姑娘」，一副老氣橫秋的模樣，其實她不過比我年長四五歲罷了。

我茫然地搖搖頭說：「沒有。」

「唔，那麼妳一定是個很寂寞又孤獨的女孩子了。」她心有同感地說。

「是的。」

「我有一個悲涼的故事，從未向人傾訴過，一直埋藏在心裡。如今在這個人跡罕至的長堤遇見妳，年紀輕輕的妳竟然愛讀尊福爾的小說，我和妳素昧平生，但我認為妳是可以信賴和值得傾訴的人。只不過妳會否願意聽我這個老女人的嘮叨？」

一個二十出頭的女子，竟然自稱老女人，難怪她叫我為小姑娘了。

「我感謝妳對我信任，我願意聆聽。」我感激她初次見面即推心置腹，也對她的故事頗為好奇。

原來她年紀輕輕時和一名少年相愛，她很早熟。那時她是雙足健全的。她住在P島，他則住在C島，其父反對他們交往。表面上她不再見他，但每當月圓之夜，他就由C島游水過來和她幽會，天明之前，他就游回去，風雨不改。在月圓之夜，她在露台亮起一盞燈，作為他黑夜游泳方向的指引。他們一直以這個秘密方法來幽會，樂也融融。終於此秘密為其父發覺，他不動聲息。在一個月圓風雨之夜，其父將露台亮着的燈，用黑布將向海的一邊遮掩起來，於是她的愛侶迷失方向，葬身風雨中黑夜大海。她悲憤之下，跳樓殉情，但死不了，雙足則折斷，從此終身殘廢。

我聽了大為震驚，對她的遭遇十分同情。我緊握她的手，不知如何去安慰她。是的，一個可愛美麗的少女，愛情本來很美滿，遭此突變，一切的勸解和安慰都是多餘的。她只是淡淡的一笑，輕拍我的手，說：「謝謝妳肯聽我的故事。」

「我感謝妳對我的信任才是。我和妳相比，我之所謂憂鬱、寂寞和孤獨，顯得多麼蒼白無聊，我甚至連為填新詞強說愁也說不上，妳說我是個小姑娘，妳說得對極了，我根本就是個不懂世事，全無人生經驗的小女孩。」

「如此人生經驗，不要也罷。」她悲憫地說，然後又別有意對我地說：「但願妳能保持妳的純真和優雅。」

從此這裡就成為我相會的地方，我們無所不談，由中國古代的神怪故事，說到希臘和羅馬之神話，由詩詞談到外國小說，又由音樂說到繪畫。她都有很獨特的見解。我自問無書不讀，但在她面前我甘拜下風，當然她比我年長，寂寞又孤獨的人自然與書籍為伴，而沉迷於書籍，反過來又會加深閱讀者的孤寂。何況她又有此可怕的經歷，又終身殘廢，所以造就她此獨特深沉的性格。

她的憂鬱和傷感愈來愈深沉，而她的情緒也很波動，我注意到，她開始跌入深淵去，希望她能走得出來。我們由無所不談，到沉默相對，她對着落日唸道：「一生負氣成今日，四海無人對夕陽。」是陳寅恪的詩句。

「美姬，請妳不要忘記，還有我在妳身旁，如果妳當我是妳的朋友的話。」我極其溫柔地提醒她。

「每一個人，都是一個孤島，每一個人的內心，都是絕高的山峰，是無法拉近的。即使是最親密的人，都會有分離的一天。如果有一天，我不再出現，妳也不必奇怪或失望。人生的散聚本來就很平常。」她冷漠地說。

她這樣說似乎暗示她將會不再出現，我的心收縮起來。這時一輛汽車在長堤另一邊駛近停下。是龐然巨型的勞斯萊斯名貴房車。車門打開，一名女子向我們走過來。這女子的容貌與美姬很相似，生氣地說：「美姬，原來妳並沒有去覆診，每次都來這裡，看來妳自然也沒有服藥了，怪不得妳的病情愈來愈嚴重！」

「一定是阿華出賣了我！」美姬狠狠地望向車中的司機，顯然是司機洩漏這個秘密。

「美姬，妳不要錯怪好人，阿華不忍心妳病情加重，所以才說出來。」

原來她並沒有去看醫生，也沒有覆診，每次都要司機載她來這裡，然後自己乘電動輪椅到長堤獨處，於是遇見我，成為好友。

「我沒有病，更不需要看甚麼心理醫生。事實上，剛好相反，有病的都是你們這些終生營營役役的人。」她說完，就開動輪椅向巨大的房車駛去，對我不辭而別。看來她是急於去痛斥那名司機了。一切都太突然了，我呆在堤邊。

這個女子對我說：「我是美姬的親姊美芝，她患有嚴重的抑鬱症，需要定期看醫生和服藥。」

「如果她真的有抑鬱症，也是拜其父所賜！」

「其父所賜？」她莫名其妙。

於是我將美姬的慘事說出來。她聽了啞然失笑，說道：「完全沒有這回事，她自幼即有小兒麻痺症，性格又孤癖，令她不敢交朋友，更不要說異性朋友了。她很會編故事，她的文學造詣甚高，對每個診治她的心理醫生，都會說出不同的悲哀故事。起初，不明底蘊的醫生被她的故事迷惑了，和她一同悲傷，大灑同情之淚，她反過來安慰那些心理醫生，主客易位，令人啼笑皆非。」

她說完就趕上去，要去解救那名可憐的司機了。

我比初次聽到美姬的故事更為震撼，原來她也是無病呻吟，我被騙了！不過，慢着，她姊姊的說話可信嗎？她這樣說，很可能是出於袒護其父。

其後，我一直徘徊於要相信她們哪一個人的說話？但這是無法求証的。而無可否認，這的確是個很動人的故事。同時我亦不斷反省我自己的處況，和叩問我自己：我是一個怎樣的女子？會否耽於孤獨，耽於閱讀而墮入抑鬱症的陷阱？

寂寞的長堤，依然是我常到之處。直到有一天，在長堤的另一邊，我見到一個孤獨的身影，她年約十七八歲，和我相若，容貌清秀又沉靜，她拿着一部卡爾維諾的小說《如果在冬夜，一個旅人》。她是我的同類，我們交換一個寂寞的眼神，寂寞的微笑，然後親切地交談起來。

「我有一個悲哀的故事，妳願意聽嗎？」我問她。

「有關妳的事，我洗耳恭聽。」她大感興趣。

「我曾和一位青年相愛，但我父反對。我們唯有暗中往來。我住在P島，他則住在C島……」

本創文學 57

詩人的黃昏——唐代詩人的素描

作　　者：江思岸
責任編輯：黎漢傑
設計排版：多　馬
法律顧問：陳煦堂 律師

出　　版：初文出版社有限公司
電郵：manuscriptpublish@gmail.com

印　　刷：陽光印刷製本廠

發　　行：香港聯合書刊物流有限公司
香港新界荃灣德士古道 220-248 號
荃灣工業中心 16 樓
電話 (852) 2150-2100　傳真 (852) 2407-3062

臺灣總經銷：貿騰發賣股份有限公司
電話：886-2-82275988　傳真：886-2-82275989
網址：www.namode.com

新加坡總經銷：新文潮出版社私人有限公司
地址：71 Geylang Lorong 23, WPS618 (Level 6),
Singapore 388386
電話：(+65) 8896 1946　電郵：contact@trendlitstore.com

版　　次：2022 年 3 月初版
國際書號：978-988-76022-7-9
定　　價：港幣 98 元　新臺幣 300 元

Published and printed
in Hong Kong

香港藝術發展局
Hong Kong Arts Development Council 資助
香港藝術發展局全力支持藝術表達自由，
本計劃內容並不反映本局意見。

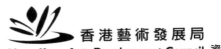